[글벗수필선 52] 김의순 여섯 번째 수필집

인생 80년, 삶의 지혜와 감성으로 적은 잔잔한 삶의 이야기

추억은 아름다운가

김의순 지음

김의순

■ 작가의 말

아버지의 사랑을 기억하며

온 ~ 지구의 인류가 한목소리로 "엄마~!" 하고 부를 때 나는 독단으로 "아버지~!" 하고 목청껏 부를 것이다.

그렇다고 아웃 사이더는 아니다.

내 아버지는 엄마의 사랑 몇 곱절 되는 정성과 사랑으로 나를 키우셨기 때문이다. 난 어릴 때 아버지 무릎에서 턱수염을 만지며 놀았고, 아버지의 넓은 등에 업혔다. 아버지의 손으로 내 등을 쓸어 잠재우셨으며, 한 손으로 나를 받쳐 업고, 또 한 손으로 내 주전부리를 사서 들고 다니셨다.

내가 커서 빨래를 하면 드럼통에서 물을 퍼주시고 삶은 빨래를 건져 주셨다. 그리고 빨래를 다 하도록 나와 함께 밖에서 서성이셨다.

참으로 지고지순한 사랑과 정성으로 키우셨는데 난 아버지께 효도는 고사하고 불효막심한 죄를 지었다.

특히 아버지가 극구 말리는 결혼을 했고, 평탄치 못한 결혼생활로 아버지 가슴에 대못을 박았다. 어떠한 사죄로도 용서 받을 길 없는 불초여식이다.

아버지 가신지 어언 50여 성상이 지났다. 파묘해서 분골로 수목장을 지녔으니 흙으로 보내 드렸으니 물리적 흔적은 없는데 내 머리와 가슴에도 선명한 영상이 지워지지 않는다.

아버지 음성은 아직도 내 귀에 맴돌고 있다. 그리고 아버지 영혼은 내 가슴과 머리에 남아서 영원히 살아계실 것이다.

여섯 번째 출간하는 이번 수필집은 아버지 영전에 바치고 싶다.

2023년 12월의 어느 날에
쉼터에서 김의순

목아박물관에서

‖차 례‖

제3부 별나라로 가는 사다리

제4부 아버지의 치마

제5부 추억은 아름다운가

제1부
나팔꽃 연정

기적의 배

매러디스 빅토리아호는 미 해군의 수송선이다. 적재량은 1만 6천 톤이고 승객정원은 12명이다. 그런데 정원의 10배도, 100배도 아닌 1,000배 넘는 1만여 명을 실었다면 정원 초과라는 표현으로는 부족하다.

1950년 12월 엄동설한에 우리나라 최북단인 함경도 흥남 부두에는 피난민이 콩나물시루처럼 빽빽이 발 디딜 틈도 없이 몰려들었다.

로버트 그러니는 그 배의 1등 항해사다. 그는 전시에 절대적으로 필요한 군사 장비인 탱크니, 트럭이니 온갖 보급품을 부두에 되 부리고 피난민을 태우기 시작했다. 그때 그 배는 흥남 부두에는 마지막 남은 한 척의 배였으니 군사 장비냐, 생명 구제냐 하는 기로에서 투옥을 불사하고 생명을 구하기로 결심했다. 그 배는 선적 칸이 3층이었는데 하역용 필러트에 피난민을 태우고 크레인으로 올려서 배 밑바닥 1층에서부터 채우고 다차면 철판으로 덮고 3층 화물칸까지 태우고 빈틈없이 실어서 14,000명을 태웠다고 한다.

화물칸에는 전기도 난방도 없으며 물도 음식도 없었고, 기온은 영하 30도까지 떨어진 상태라고 했다. 그런데 그 와중에 아기가 5명이 태어났다. 그래서 14,005명을 싣고 항해했다. 새로 태어난 아기 이름을 급한 대로

'김치1~ 김치5'까지 이름을 짓는 재치도 있었다니 엄청난 극한 상황에서도 대처하는 슬기는 감탄스럽다.

중공군은 부두에서 불과 3~4km 떨어진 곳까지 밀고 들어온 상태인데, 그 배에는 어뢰도 없고, 탐지기도 없고, 함포도 없었으며, 무기라고는 선장 허리에 찬 권총 한 자루뿐이었다고 한다. 모험이라고 하기에는 상상이 안 가는 극한 상황에서 망망대해를 14,005명의 생명을 물 위에 띄우는 선장의 용기는 표현할 길이 없다.

흥남 부두를 떠나 열흘간의 항해로 부산항에 입항할 때까지 한 사람의 희생도 부상도 없이 무사히 도착한 것은 분명히 하늘이 지켜준 가호였음을 믿는다고 선장은 말했다. 그 배의 키는 하느님이 함께 잡으셨음이 분명함을 믿는다며 기적의 배라고 한다.

흥남 부두 상황을 나타낸 유명한 유행가가 있다.

바람 찬 흥남 부두에
목을 놓아 불러봤다
찾아를 봤다
금순아 어디를 가고
길을 잃고 헤매였느냐
영도다리 난간 위에
초생달만 외로이 떴다.

위 노래는 1.4후퇴를 그림처럼 나타낸 노래다.

함경도 흥남 부두에 밀집돼 피난민 대열 가운데서 남매간의 손을 놓치고 애타게 찾는 통곡의 노래다. 그리고 피난처 부산에서 갈 곳 없이 바닷가 난간에 기대어서 초승달을 올려다보는 외로움이 절절하다.

굶주림과 헐벗음이 극에 달하고 극한의 피난 생활을 말로는 표현이 불가하다. 우리 가족은 피난을 충남 당진으로 갔다. 그곳에는 큰언니 시집이 있어서 연고를 찾아갔으며, 아버지는 치과의사여서 치과 도구를 가지고 배를 독선을 대여했기 때문에 전쟁 중에 전혀 고생을 안 했다. 그래서 부산으로 피난을 갔던 친구들의 이야기를 들어서 어렴풋이 안다.

부산에 피난민이 너무 밀집되어 있어서 식량에서부터 극한 생활을 말로 다 못 한다고 한다. 피난 중에도 각 학교마다 '모이라'는 광고가 나붙고 임시 학교가 열렸다고 한다. 유명한 국제시장엔 서울이며 그 밖의 피난민들로 북적이고, 국제시장에 나가면 아는 사람도 가끔 만날 수 있었다고 한다.

서울에서 내로라하던 사람도 국제시장 노상에서 떡 장사도 하고 이것저것 닥치는 대로 장사치로 전락한 사람도 허다했고, 변두리에는 구걸하는 피난민도 쉽게 볼 수 있었다고 한다. 피난 생활은 불과 몇 달이었지만 고생은 평생 치를 한 셈이다.

지루하고 처참한 피난 생활이 그러구러 끝날쯤 해서 서울은 아직 환도를 못 하고 포성도 그치지 않았을 때부터 한둘씩 서울행이 시작되었다.

피난민 청년을 흠모했던 경상도 부산 아가씨가 떠나가는 청년이 기차에 몸을 싣고 잘 있으라는 인사를 주고받을 때 부산 아가씨의 애절한 노래도 있다.

가기 전에 떠나기 전에
하고 싶은 말 한마디를
고향에 가시거든 잊지 말고
한두 자 봄 소식을 전해 주세요
경상도 아가씨가 슬피 우네
이별의 부산 정거장

청춘의 낭만이라기에는 너무도 애절하다. 피난민 청년을 흠모했으나 애정 고백도 못 하고 청년이 다가오기를 기다렸으나 끝내 입을 열지 않던 청년이 어느 날 갑자기 서울로 떠나는 기차에 몸을 싣고 차창에 기대앉은 청년에게 서울에 가면 편지 한 장 보내달라는 애절한 부산 아가씨의 짝사랑이 눈에 보인다.

중학교 때 내 친구 하나는 함경도 함흥에서 6.25 전에 해방되던 다음 해에 가족이 몰래 월남해 온 친구도 있었고, 1.4후퇴 후에는 평양에서 피난 온 친구도 있었다. 나는 텔레비전에서 이만갑 프로를 자주 본다. 그 프로는 탈북민들의 프로다. 말로는 탈북민이며, 피난민이며 쉽게 하지만 그들의 탈북 과정을 들으면 목숨을 걸고 넘어오는 사람들이다.

왜일까? 일정 때 나라를 왜구에 빼앗겼을 때도 고향을 버리지 않던 사람들이 해방 전후며, 동란 때는 고향을 버리고 남으로 남으로 내려오니 북한은 왜 폭정을 하는 걸까?

다리가 짱짱할 때

전주에서 문학 세미나를 마치고 귀경하려는데 최 선생이 나보고 광주가 여기서 멀지 않으니 자기 집에서 하루같이 지내자고 했다. 한데, 이 선생에게 뭔가 사정하는 것 같았다. 얼핏 들었더니 "요 사람 하나만 더 넣자." 하고 이 선생은 비용이 너무 초과하여 안 된다는 거절이었다. 근데 최 선생의 "요 한 사람"이라 지칭한 이가 바로 나였다. 내가 눈치를 채고 적당한 핑계를 대며 못 간다고 했더니 최 선생은 완강히 놔 주지 않았다. 그런데 광주로 가지 않고 전주에서 곧바로 고창으로 가는 게 아닌가, 그리고 조경희 회장님과 서정범 교수님이 동행이었다.

고창에서 그날 문학 세미나와 동화 낭송회가 있어서 윗분들과 동승 하게 되었다. 세미나 주최며 윗분들의 숙식과 비행기 교통비까지 부담하자니 이 선생의 비용 초과 운운하던 뜻을 알게 되었다. 그렇게 어려운 자리에 나를 한사코 욱여넣으려는 간절한 그의 마음이 고맙고도 한편 괴로웠다. 이 모든 주관을 이양아 교수의 안배로 귀경길까지 진행했다. 내 몫까지 비행기 표를 샀으니….

최 선생은 그것이 끝이 아니다. 꽃 피는 봄이면 한사코 나를 부른다. 어느 해 봄날, 여러 날을 두고 전화가 왔다. 섬진강 물결이 어떻고, 쌍계사 벚꽃 터널이 장관이고, 지리산 산채 밥이 전국 일품이라는 둥 꽃 지기 전에 꼭 오라는 것이었다. 하지만 나는 그때 매우 어려운 처지에 있었다.

집을 팔아야 부채를 정리할 텐데 집은 안 팔리고 은행의 독촉장은 우편함에 쌓이니 심신이 기진해 있을 때였다. 급한 대로 2층을 전세 놓고 3층 옥상에 약 20평쯤 되는 창고를 개조해서 방으로 들이고 살면서 부채 문제를 지연시키자는 생각으로 증축 공사 중이었다. 전후 사정을 설명할 수도 없으니 난감한데, 그의 간절하고 뜨거운 마음을 거절하기에 쉽지 않았다. 그래서 우선 가겠다고 약속을 해 놓고 아무리 생각해도 공사를 인부들에게만 맡기고 갈 수가 없었다. 그토록 과분한 친절을 어떻게 피할 수 있으랴. 며칠을 고민하다가 거짓말을 꾸몄다. 아주 극약처방을 생각하고 수화기를 들었다.

K : "내가 꼭 가려고 했는데, 어쩜 좋아, 집안에 초상이 났어"

C : "먼 초상? 관계가 어쩌고 된당가?"

그의 말에 나는 곧바로 거짓말을 하기가 쉽지 않았다. 그럴 줄 알았으면 미리 생각해 둘 걸. 너무 의외였으니 당황할 수밖에. 초상보다 더 큰 비상이 어디 있겠나 싶어 최 선생이 쉽게 이해할 줄 알았는데 그의 갑작스러운 반문은 생각지도 못한 일이었다.

K : "친 조카뻘 되는 시어른인데 아무래도 가보는 게 도리지 싶어서"

C : "해서 다녀왔는가?"

K : "으응, 잠깐 다녀오긴 했는데 그래도 하룻밤은 같이 지내 줘야 될 것 같아서"

C : "어야, 잠깐 들여다봤으면 됐지, 나이가 들어갔고

초상집에 안 가는 거여, 보기 안 좋아 나중에 인사하면 되제, 냅두고 와.”

그렇게 말하는데 나는 더 이상 거짓을 꾸며댈 수가 없었다. 그 길로 만사 제쳐놓고 광주로 갔다. 다음 날이 식목일이었는데 날씨가 너무 화창해서 벌써 집안일은 까맣게 잊었다.

쌍계사 벚꽃이 절정으로 만개했고 벚꽃 터널을 지날 때는 마치 은하 세계에 온 것같이 황홀했다. 한편으로는 섬진강 물결이 물비늘을 반짝이며 한가히 흐르고 강폭이 넓어서 저만치 강 건너 앞산 아래 몇 안 되는 민가가 다소곳이 엎드려 있는 것까지 절경 아닌 게 없었다. 바람 한 점 없이 금빛 같은 햇살을 받으며 꽃잎은 벌써 낙화를 준비하는 듯, 속절없이 슬슬슬 쏟아져 머리에도 어깨에도 사뿐히 내려앉았다. 나는 아이처럼 두 손을 벌려 꽃잎을 받아서 꽃잎 살내를 맡으며, 탄성을 질렀다. 사진을 몇 컷 찍고는 최 선생이 나보고 “자네 참말로 복이네 여그서도 요로콤 때맞추기가 어려운 거여, 날씨가 좋으면 꽃이 아직 피지 않고, 꽃이 만개하면 비바람이 쳐서 볼품 없는 디, 오늘은 꽃은 만발하고 바람도 없이 화창하니 자네 복이여, 암 복이고 말고…”

나는 그 후로도 여러 번 가게 되어 전북의 관광 명소란 명소는 구석구석 가봤다. 해남의 대흥사에서 초의 선생의 현판이며, 유성 계곡에서 냇물에 발 담그고 고기밥 주는 재미에 해지는 것도 잊었다. 또 어느 해는 매화 동산이 장관인데 그 향기가 어떻고 자기는 매화 철이면 꽃송이를 조심스럽게 따다가 냉동실에 얼려 놨다가 귀한 손님이 오시면 녹차 잔에 꽃잎을 띄워서 내놓으면 차 맛보다 꽃잎 운치에 더 기뻐한다고도 했다. 나도 미리 마음이 들떴다.

직접 배에 가서 바로 잡은 꽃게를 사다가 게장을 담가 가지고 내려갔다. 그런데 매화 동산에 가자던 사람이 다음 날 손님을 청해서 집들이하고 있었다. 그리고 그 푸짐한 상에 내가 담아간 게장을 올리기에 난 속으로 어울리지 않게 콜콜한 게장을 왜 올리나 싶었는데 손님들 앞에서 나를 인사소개를 하면서 "이 게장이요, 이 사람 솜씨요~" 하면서 또 장황하게 손님들과 인사소개를 했다. 손님들은 대부분 광주지방의 상당한 유지급들의 사모들이었다. 최 선생의 친 할아버님은 기미 독립 애국지사라 전직 대통령들도 광주에 내려오면 찾아뵙는다고 했다.

최 선생은 친가나 시가나 풍족하고도 그 지방의 유지급이지만 그는 전혀 교만하지 않았다. 한국인의 전통적인 부잣집 인심 좋은 안주인처럼, 손님 청하고 푸짐한 음식 나누고 누구나 가리지 않고 불러서 흐드러지게 웃고 기뻐했다. 그에게서 대접을 받은 사람이 비단 나뿐이 아니다. 내가 알기로는 문단에서도 20, 30명은 족히 되는 줄 안다. 그럭저럭 30여 년이 훌쩍 지났다. 나만 늙은 게 아니다. 그도 이제는 몸이 마음처럼 따르지 않을 것인데도 통화 끝에는 언제나 후렴처럼 "어야, 다리 짱짱할 때 한 번이라도 더 왔다 가게나."라고 말하는 그의 구수한 사투리가 더 정겹다.

우리 동네

우리 동네는 지리 조건으로 보아 위치가 아주 좋다. 그래서 부동산 중개인들은 이곳을 지리 1번지라고 한다. 인천은 역사적으로 도시가 형성될 때부터 서울 다음으로 조성됐으며, 해방 전후까지는 전국 2대 도시로 꼽았다.

인천에서도 답동은 중앙에 자리한 곳이어서 방위 사방으로 2km 내에 모든 행정청이 있어서 걸어서 몇 시간 내로 제반 서류를 다 받을 수 있다.

또한 대형 종합병원이 가까이 있다. 기독병원, 인하대병원, 유비스병원까지 세 곳이 있고, 개인병원도 내과, 외과, 치과, 안과, 이비인후과까지 10여 곳이 고루 있으며, 금융기관도 농협을 비롯하여 신한은행, 국민은행, 하나은행, 우리은행, 외환은행과 신협이며, 마을금고까지 고루 다 있다.

또한 식자재 구입도 고루 다 있다. 재래시장으로 동쪽에는 신흥시장이 있고, 서쪽에는 신포시장이 있으며, 대형 마트는 집에서 몇 발 안 가서 있고 크고 작은 마트가 5곳이나 있으며, 대형 곡물시장까지 즐비하다. 또한 대형 하이마트며, LG전자 대리점도 세 곳이나 있다. 학군도 좋아서 일정 때부터 있었던 신흥초등학교며, 송도중학교, 인천여자상업고등학교며, 시립 도서관까지 모든 학군이 고루 있다. 그리고 자그마한 시민공원이 동네 가운데 있어서 한가히 휴식도 즐길 수 있다.

그뿐 아니다. 교통 요지여서 수인선과 경인선 전철역도 걸어서 갈수 있고 모든 대중교통이 통과하는 곳이어서 아무리 혼잡한 시간대에도 자리를 잡고 앉아서 간다. 그래서 자가용이 필요 없는 동네라고 말한다. 그뿐인가 역사 깊은 종교 시설도 다 모여 있다.

200여 년 가까운 가톨릭 답동성당과 감리교 내리교회며, 크고 작은 종교 시설도 10여 곳이 넘는다.

이만하면 더 바랄까 싶다. 하지만 가장 중요한 것은 사람과 사람 사이에 이어지는 따뜻한 이웃 사랑이 있어야 하지 않을까 싶다.

우리 친정은 인천에서 6대째 살아오는 토박이다. 난 중구에서 태어나서 중구에서 성장하고 일몰 앞에 서 있는 지금까지 인천 중구를 떠난 본 적이 없다. 하여 인천 생리를 안다. 내가 어릴 때는 인천시립도서관에는 이른 봄부터 시작해서 여름, 가을까지 연계해서 꽃이 피고 지금처럼 대형건물에 가리지 않아서 월미도는 한 발짝에 건널 수 있는 것같이 가까워, 봄이면 연안에 모이는 여객선이며, 월미도 벚꽃도 가까이 볼 수 있었다.

우리 집은 지금의 중구노인복지관 뒤에 있었는데 거의 일본인들이 살았고, 그 가운데 한옥은 네 채뿐인 곳에 우리 집이 있었다. 우리 집에서는 대청마루며, 앞마당,

뒷마당 어디서나 낙섬이 보였고, 만조에는 연안에 나무배가 한가히 떠 있는 모습을 볼 수 있었다. 해광사 앞마당에 흰 모래흙을 모아서 집짓기 하며 놀고, 벚꽃이 만발했고, 수령을 알 수 없는 수양버들이 흔들거리는 나무 뒤를 돌면서 술래잡기하고 돌층계를 오르내리며 뛰놀던 곳이다.

시립 도서관이며, 해광사 또는 우리 집 뒷길이나 어디를 가도 끝간데 없는 바다가 보였고, 철철이 피고 지는 꽃 속에서 소리치며 웃고, 여름이면 풍뎅이 잠자리, 나비 등 꼬물대는 곤충도 다 내 친구가 되어 기쁨을 줬다.

또한 한의원을 하던 고모네와 이모네가 이웃에 가까이 있었으며, 이모네 고모네까지 합친 오빠들이 10여 명이 됐으니 오빠들이 시키는 스파이 노릇도 내 몫이다. 늦게 귀가하는 오빠가 숨어있는 집에 밥도 몰래 가져다주고, 재떨이에서 담배꽁초도 주워다 주는 등, 부당한 심부름을 해주는 대가는 꼭 있었다. 오빠들이 활동사진 구경(동방극장)을 갈 때는 꼭 데려가는 조건이다.

외사촌이며, 6촌까지 가까이 살아서 한집처럼 지냈으며, 이웃끼리도 한낮에 수제비를 해서 나누어 먹고 고사떡은 물론이고, 심지어는 제삿밥까지 나누어 먹었다. 제사가 끝나면 대개 자정을 넘기는데 가까운 이웃집에는 광주리에 제수 음식을 고루 담아서 늦은 밤에도 대문을 두드려 들이밀고 연로하신 분은 오시라고 해서 대접한다. 요즘 사람들은 이해를 못 하는 풍습이다.

다음 날은 남은 음식을 가까운 이웃을 불러서 나누어 먹는다. 이 외에도 이웃 정이 돈독했던 일화가 무궁무진하지만 제한된 지면이어서 간단히 줄인다. 아무튼 요즘처럼 대문 걸어 잠그는 집이 없어서 음식을 나누어 먹기도 좋았고, 이웃집을 내 집처럼 드나들기에 이웃도 식구처럼 가까이 지내던 때가 그립다. 지금은 아쉬움 없이 문화시설을 누리고 살면서 우울증 환자가 속출하는 이유가 뭘까? 군중 속에 고독이란 신조어까지 생겼다.

옆집에서 초상이 나도 모르고 산다. 예전에는 처마가 보이는 집에서 초상이 나면 머리도 벗지 말라는 풍습이 있었다. 죽은 혼령이 저승길을 같이 가자고 한다지만 더 깊이 생각하면 이웃에 초상이 났으면 열 일 제쳐두고 한걸음에 뛰어가서 상례를 도우라는 뜻으로 해석된다.

난 옛날 사람이어서 그런지 아니면 식구 많은 집에서 자라서 그런지 몰라도 음식을 많이 하는 습관을 못 고친다. 그리고 풍족하면 가까운 집에 주고 싶다. 옛날처럼 말이다. 그런데 그게 참 어렵다. 왜? 문이 잠겨 있어서 한참을 두드리고 안에서는 가는 목소리로 누구세요 한다. 나를 밝히는 것이 좀 그렇다. 문 안에 있는 사람이 앳된 젊은이거나 얼마 전에 이사 와서 아직 낯선 관계라면 누구라고 하기가 쑥스럽다. 그 집 아이들이 어리다면 부침이나 떡볶이며 국수 등을 말아서 스스럼없이 주고 싶은데 문을 여러 번 두드리고 안에서 누구냐고 하면 옆집 늙은이라고 해야 하나? 옆집 할머니라고 해야 하나? 어색해서 "으으응, 옆집이야." 해도 쉽게 문이 열리지 않는다.

어렵게 문이 열려도 서먹해서 주는 손이 부끄럽다. 그러니 얼굴도 제대로 익히지 않는 관계에서 이야기는 언감생심이다.

음식을 주고 나서도 정말 잘 먹었는지 아니면 요즘 사람 취향에 맞지 않아서 쏟아 버렸는지도 모른다.

그러니까 얼굴만 안다고 이웃은 아닌 것 같다.

가볍게나마 대화를 하고, 관심이 모아지는 가운데서 따뜻한 마음이 연결되고 정이 오가야만 이웃이 아닐까?

이방인처럼 가까운 사람끼리도 교류가 없으면 얼마나 삭막한가?

모든 편의시설이 좋은 동네도 좋지만, 그보다는 오밀조밀한 달동네라도 골목길에서 만나면 피해 가지 않고 정이 오가는 동네면 그곳이 좋은 이웃이 아닐까?

나팔꽃 연정

꽃밭이 없는 우리 집에 화분을 사용해서 꽃을 심었다. 그중에 선인장 화분이 있는데, 선인장 중에서도 가시가 유난히 무성한 종류다.

선인장은 몇 년을 가꿔도, 꽃을 피울 줄도 모른다. 화초라고는 하지만 아름다운 자태도 없이 사납고 억센 가시를 사방으로 겨누고, 임전 태세를 갖춘 군인처럼 살벌한 느낌마저 든다.

어느 해 봄날, 일년생 꽃씨를 몇 분에 뿌렸는데, 그때 어쩌다가 나팔 꽃씨가 선인장 화분에 떨어졌던 것 같다.

바늘 같은 가시 옆에 바싹 붙어서 나팔꽃 싹이 돋고 있었다. 나팔꽃을 다른 분에 옮겨 심으려고 했지만, 나팔꽃은 대궁이 아니고 가늘고 연약한 줄기여서 잘못하다가는 그냥 죽일 것 같아서, 내 버려두는 수밖에 없었다. 나는 나팔꽃 때문에 전에 없이 자주 선인장 분을 들여다보았다. 어쩐지 폭군에게 잡혀있는 인질처럼 숨도 못 쉬는 것 같아서 나팔꽃이 가엾은 생각마저 들었다.

선인장 가시에 찔려 잎사귀나 꽃잎이 상할 것 같기에 조금 크면 받침대를 따로 세워주어야지 하고, 매일 들여다보았다. 그런데 이게 웬일? 나팔꽃 줄기가 선인장 가시를 요리조리 잘 피해서 뻗어가고 있는 게 아닌가. 나는 한결 마음이 놓였다.

오히려 선인장의 튼튼한 몸체에 의지해서 약한 줄기가 살금살금 기어오르고 있는 나팔꽃 대가 더없이 사랑스러웠다. 나팔꽃이 어디가 눈이 있고 생각이 있어 위험을 피해갈 줄 아는가 싶었다.

볼품없고 사나운 가시 때문에 미움에 절어 웅어리진 선인장을 위로하는 듯 부드러운 나팔꽃 덩굴은 온통 선인장의 몸체를 감싸 안고 있었다.

얼마 후, 한 달쯤 뒤에, 진홍색의 농익은 나팔꽃이 선인장 가슴에 화사하게 피었다. 이제 가시도 잘 보이지 않았다.

혼자의 힘으로 일어설 수 없는 나팔꽃을, 선인장의 힘센 팔로 붙들어 주고 가시 때문에 한쪽 모퉁이에 밀려나, 다른 꽃들과 어울리지도 못해, 외롭던 선인장에게 잎이 무성한 덩굴로 부드럽게 감싸 안고, 화사한 꽃을 피워 선인장을 한껏 호사시키면서 그들은 서로 다치지 않고 상하지 않으며 밀어를 나눈다.

나팔꽃은 선인장의 가시를 혐오하지 않고, 부드러운 사랑으로 포옹했고, 선인장은 힘자랑도 없이 자신의 몸체를 의지할 수 있게 연약한 나팔꽃을 붙들어 주는 너그러움이 믿음직스러웠다.

한낮엔 벌과 나비가 찾아와서 앉을 듯 앉을 듯 기웃거려도 나팔꽃은 새침한 입을 꼬옥 다물고 유혹에 응하지 않고 지조를 지킨다.

해 질 녘이면 입을 열어 종일 있었던 이야기를 속살대며 밀어를 나눈다. 아침이면 이슬 머금은 화사한 얼굴로 활짝 웃고 고운 입술로 정념을 토한다. 그들은 서로 이질적이면서도 배타적이지 않고 자신의 장점으로 상대방의 약점을 보완해 주면서, 사랑하고 있었다.

공연한 나의 기우가 오히려 무안하지 않은가, 뜨거운 애무로 사랑이 무르익기에 긴긴 여름도 그들에겐 짧기만 했다.

어느덧 여름도 깃을 접고 가을이 빗장을 열 때쯤, 나팔꽃은 누런 떡잎을 달고 노쇠한 늙은이의 심줄 같은 넝쿨이 생기 없이 말라서 있었으나, 여전히 선인장의 몸체를 감싸 안고 있었다. 찬란했던 지난여름, 사랑의 상흔처럼, 선인장은 이제 긴긴 겨울을 침묵으로 봄을 기다릴 것이다.

그 후부터 나는, 매년 봄이면 선인장 옆에 나팔꽃을 심어 준다.

왜일까?

우리나라의 국토는 두 동강으로 갈라져서 70여 년을 철조망에 묶인 채 아직도 끊지 못하고 있다. 비무장지대에 놓인 철모는 임자의 생사도 모른 채 무심히 산화되어 가고 달리던 열차는 장단역에서 발이 묶인 채 멈춰 있고, 녹슨 철로는 무심히 누워있다.

70년! 강산이 일곱 번 변했다. 변한 게 어디 강산뿐인가, 남북한의 사람도 많이 변했다. 단일민족이면서도 이질감이 뚜렷해졌고, 어떤 면에서는 이방인처럼 낯설기도 하다.

왜일까? 오랜 세월 속에 각종 문화적인 생활 차이도 있겠지만 교육의 영향도 비중이 큰 것 같다. 서구 문명에 익숙해진 남한과 북한의 이념 교육이 이질적 원인이 아닐까 싶다. 그중에서도 언어의 장벽이 크게 달라서 피차 알아듣지 못하는 단어가 많다. 북한은 순우리말을 쓰자는 취지에서 한문이나 영어는 쓰지 말라는 것이다. "우유(牛乳)"하면 한문 뜻에서 나온 말이니 우리말로 "젖가루"라고 해야 한다.

우유 = 젖가루, 칼슘 = 뼛가루, 브래지어 = 젖싸개, 아이스크림 = 얼음보숭이, 키쓰 = 주둥이 접촉, 시동생 = 적은이 등등으로 수많은 단어를 모두 순 조선 말로 고쳤다니 어떤 단어는 민망하게 들리기도 한다.

중국의 한문을 안 쓰기 위해서는 말을 순우리말만 사용한다면서 현실은 중국과 동맹을 맺고 우호 관계로 지내는 일은 표리부동이 아닌가 싶다.

북한의 교육은 유치원이나 탁아소에서부터 이념 교육을 중시한다고 들었다. 김일성, 김정일, 김정은까지 이어지는 3대를 지도자 동지를 암기해야 하는데 자그마치 17자 이상이어서 외우기가 여간 힘든 게 아닌데도 북한 어린이들은 구구단보다도 더 쉽게 줄줄이 꿰고 있어서 경직된 자세와 친애하는 원수님 운운을 잠결에도 외울 수 있다고 한다.

우상화되고 신격화된 김정은이 나타나면 남녀노소를 불문하고 우선 발을 구르고 양손을 쳐들고 통곡을 한다. 북한은 눈물의 질이 다른 성싶다

눈물은 슬플 때 나오는 줄 아는데 북한은 지도자 동지를 보게 되면 왜 슬퍼지는지 알 수 없다. 더욱 이해가 안 되는 것은 발을 동동 구르며 우는데, 마치 어린아이가 아끼는 물건이 개천에 빠져서 떠내려가는 것을 보고 안타깝고 어쩌지 못해서 울 때 발을 동동 구르며 우는 현상과 동일하니 웬일일까? 알 수 없다.

북한의 눈물은 질이 다르다. 말도 다르고 눈물도 다르다. 뿐만 아니라 교육의 질이 전혀 다르다.

가정에서나 학교에서나 남한은 어릴 때 "싸우면 못써,

욕하면 못써."라고 가르치는 반면, 북한에서는 먼저 김정은 원수님의 은혜에 감사해야 하고, 철없는 어린애도 김정은이 나타나면 양손을 쳐들고 발을 구르며 운다.

몇몇이 아니고 일률적이고 기계적이다. 그리고 어릴 때부터 남조선은 미국놈이 득실거리고 승냥이 같은 미국놈이 남조선 인민을 노예처럼 부리며 거리에는 거지가 욱시글득시글하다며 "원수 놈의 미국놈 승냥이를 까부수자. 때려잡자." 하며 강렬한 적개심을 어린 가슴에 심어 준다.

남조선을 불바다 만들겠다며 이를 갈면서도 사나운 발톱은 숨기고 통일 통일 하며 평화를 외친다.

이제 만나러 갑시다. "이만갑" 프로에 어느 탈북민 청년이 20세가 훨씬 지났을 성싶은 나이가 되도록 대한민국이란 나라가 남한이라는 것을 몰랐다고 한다. 지구상 어디에 있는 나라인 줄 알았다고 한다. 얼마나 폐쇄적인가? 귀 막고 눈을 가리고 속임수로 가르치는 교육실태가 아닌가, 일률적이고 기계적이며 앵무새처럼 김정은을 우상화해도 영혼까지 바뀌지는 않는다.

김정은을 향해서 눈물이 나도록 감사하고, 펄펄 뛰도록 경외하는 지도자 동지 김정은이 엄마, 아빠보다 더 고맙단다.

북한 주민들은 암암리에 남한의 드라마를 몰래몰래 보고, 이슬비에 옷 젖듯이 은연중에 남한의 유행을 따라

한다고 들었다. 더러는 서울 말씨가 새 나오고 있다는 것이다.

북한 주민이 탈북하는 현상은 어제, 오늘이 아니다. 8.15해방 후부터다.

지주계급이며 지식인이며 상위층에 있던 사람들이 재산을 몰수당하고, 인민재판에 넘겨졌다. 대중 앞에서 죄인임을 자처하며 질타를 받고도 목숨을 부지할 수 없어서 남쪽으로 월남해 왔다. 그리고 1.4후퇴 당시에 흥남부두에서 빅토리아호에 승선하려고 구름떼처럼 몰려든 사진은 세계의 기네스북에 기재될 만큼 참담한 실상이 아닌가.

북한은 온 세계인이 무서운 나라, 사람을 납치해가는 나라로 인식하고 있다. 한데 이 모든 사실을 극구 반대하는 사람도 있다.

모든 사실은 왜곡된 거짓이라며 극구 북한을 옹호하는 사람들이다. 정작 북한의 실상은 이보다 훨씬 혹독한데 한국에 와 보니까 이 정도도 믿지 않는 좌파들이 있음을 보고 탈북민들은 놀라워한다.

왜일까?! 가까이 있는 사실을 아니라고 우긴다.

그리고 멀리 있는 허상을 좇는 것은 사막에서 헛보이는 신기루 현상일까?

어느 날 호기심

우리 반 친구 세 명이 한동네에 살았다. 그러다가 나는 행길 건너로 이사 가서 약간 떨어져 살게 되었다. 어느 일요일 두 친구가 우리 집에 놀러 왔다. 마침 어른들도 안 계시고 집이 비어있으니, 우리는 더욱 신나는 날이었다.

두 친구는 별난 구경을 하고 와서 나에게 이야기해주려고 찾아왔던 것이다.

"너 굿 구경 못 해 봤지. 우리는 봤다 누~"

"무슨 굿인데, 어디서? "

그들은 구경한 내용을 그림처럼 설명하더니 무당의 공수를 흉내 내고 굿 집 주인의 비손까지 뇌어가며, 춤까지 덩덩 추어대는 것이다.

이런 식으로 두 친구가 번갈아 가며 우리 집 마루에서 굿판을 한바탕 벌이고, 계집애 셋이 뛰고 웃고 너스레를 떨었으니 우리 집 용마루가 들썩거릴 만큼 시끄러웠다. 이때다. 웬 할머니의 호통과 함께 대문 쪽에서 왁자지껄한 소리가 났다.

"아니 이게 웬일이야~ 다 큰 처녀들이 시끄럽게 시리이~" 하며 우리 집 대문을 두드리는 것이다.

우리는 질겁을 해서 방으로 뛰어들어가 벌벌 떨고 있

었다. 대문 쪽에서는 여전히 우리를 질책하는 소리가 번갈아 쏟아졌다.

"뭣들 하던 거야 그래~"

"춤을 추는 것 같았어, 무당짓까지 하면서 말야"

"글쎄, 어찌나 시끄러운지 우리 애기가 다 깼어요." 하는 목소리는 우리 집 앞마당과 이어져 있는 앞집 젊은 아주머니의 목소리였다.

우리는 굿 중에도 밖으로 귀를 모았다. 질책하는 내용으로 보아 어른들은 우리들의 행동을 한동안 세밀히 들여다보았다는 것을 알 수 있었다. 어른들이 밖에서 한마디씩 적나라하게 힐책할 때마다 우리는 부끄러움에 얼굴을 가리고 놀라면서 신음을 토했다.

"아~ 이 난 몰라, 니네들 때문이야~ " 하면서 난 울상이 되어 친구들을 탓했다.

"네가 춤만 안 추웠어두~."

"예~, 네가 양동이를 장구처럼 쳤잖아 ~."

"예, 니가 젤 크게 웃었어"

이렇게 무거운 후회를 했지만, 아이들이란 역시 근심을 오래 지탱하지 못했다. 한 친구가 이제 와서 후회하면 뭐 하냐면서 기분 전환을 하자고 제안했다. 아까 그 망신스러운 기분을 풀기 위해서라도 우리들은 무언가 새로운 놀이를 찾아야 했다. 뭘 해야 재미있을까 하다가 한 친구가

"니네들 담배 펴봤니? 난 펴 봤어." 하면서 또 호기심을 불렀다. 둘이는 동시네 "뭐? 담배를?" 하고 눈을 크게 뜨고 놀랐지만, 이내 호기심을 동하는 자극을 주었다. 한 친구는 마치 제가 먼저 어른 입문에 든 것처럼 약간은 과시하면서, 처음에는 어렵지만 몇 번 해보면 된다며 담배를 가져오라고 했다. 우리들은 재떨이에서 꽁초를 찾아서 한 모금씩 돌아가며 빨았다. 여러 번 경험이 있었다는 친구는 제법 연기를 잘 견디는 것 같았다. 또 한 친구와 나는 그 애한테 뒤지는 것 같아서 열심히 참고 뻑뻑거렸다.

그런데 좀 있으니까 칼로 목을 찢어내는 것처럼 아파오고, 가슴이 울렁울렁 터질 것처럼 매스껍다. 혓바닥이 갈라지는 것처럼 아팠다.

"엄마~ 난 죽을 것 같애~." 하면서 서로 얼굴을 쳐다보니, 다들 응급 환자들 같았다. 그리고 하나씩 픽픽 쓰러지면서 이내 "물! 아니 김칫국물!"하면서 픽픽 쓰러지며 몸을 가누지 못했다. 그렇게 홍역을 치르고 그 후로는 담배를 독약처럼 생각하고, 언감생심이라도 피워본다는 생각은 하지 않았다.

하지만 맛은 그렇게 고약해도 다양한 연출을 지어내는 연기의 매력은 쉽게 가시지 않았다. 맛있게 빨아서 '훅-'하고 길게 내 품는 시원함이라든지, 담배를 입에서 떼지도 않은 채 연기를 삼키는 듯하다가 코로 연기를 쏟아내는 거며, 입을 동그랗게 오므려 혀끝으로 연기를 살짝 살짝 밀어내면 허공에 동글동글한 무늬를 띄우는 것이며, 마냥 재미스럽게 보인다.

또는 고뇌를 이기지 못하는 사람이 푸른 연기로 반쯤 가리워진 얼굴이 아른거리는 모습을 볼 때, 또는 사색에 싸여 생담배가 손끝에서 타고 있을 때 연기 꼬리가 가늘게 피어오르는 모습은 그대로 한 폭의 수채화다.

담배를 처음 배울 때 숨어서 눈물을 삼켜가면서까지 왜 배웠느냐고 애연가들에게 물으면, 남자의 경우, 어른스러워지고 싶었다느니 또는 호기심에서이었다고 한다. 반면 여자의 경우는 다르다. 임신 중에 구토를 가라앉히기 위해서 시작했거나, 이길 수 없는 괴로움을 잊기 위해서, 또는 연기를 뿜는 멋에 매료되었다고 한다. 아무도 맛을 익히고 싶었다고는 안 한다.

그런데 흡연을 막상 익히고 나면, 맛이라든지, 그 밖의 다른 생각은 없고, 반대로 그 맛에 중독되어 아편성에 이른다고 한다.

60년대 어느 대학 면접시험에서 담배 중에 무슨 담배가 제일 맛이 있느냐는 질문에, 창밖에 버려진 꽁초를 주워 필 때라고 대답했다는 일화도 있었다. 그러고 보면 애연가들이 금연을 쉽게 못 하는 중독성을 조금은 짐작이 간다.

장마 뒤에

금년에 장마가 예년보다 훨씬 길어서 강수량이 높은데다가 설상가상으로 태풍 "링턴"까지 겹쳐서 전국적으로 피해가 상당했다.

농가에서는 많은 농작물이 쓸려 내렸고, 과수원의 낙과며, 곳곳의 산사태로 교통이 막혀서 물가도 덩달아 치솟았다. 대도시에서도 건설 현장의 작업이 중단되고 철로가 침수되어 한때 전철도 차질이 생기는 등 전국적으로 피해 집계도 상당했다는 뉴스가 연일 보도됐다.

추석을 며칠 앞두고 우박처럼 쏟아진 낙과를 보고 농민들의 망연자실하는 모습을 화면으로만 봐도 너무 안타깝다. 냉해를 입을세라, 더위에 무를세라, 해충을 막아주고, 싸매주고, 주야로 분별없이 자식처럼 돌보던 작물이다. 가꾸던 작물이 타작마당처럼 초토화되었으니 농주의 마음이 어떨지 안타까운 일이다.

농작물 피해는 농촌뿐 아니라, 도시에서도 반사적인 체감이 왔다. 도로가 막히고 물량이 입하되지 못하는 실정으로 도시엔 곧바로 반응이 심각했다.

다른 작물과 달리 채소는 미리 사서 비축해 둘 수 있는 식재료가 아니어서 하루만 물량이 입하가 늦어져도 용수철처럼 반응이 빨리 오는 게 채소다. 그런데 국지성

장마가 폭우로 '내렸다, 그쳤다'를 40여 일 이어졌으니 밥상에서 제일 먼저 발 빠르게 반응이 왔다. 김칫거리다. 전에는 가까운 시장에서 김칫거리가 안 보이면 농산물 공판장에 가면 만나던 채소가 공판장엘 갔어도 눈에 띄지 않았다. 더구나 추석이 며칠 앞둔 시점에서 김치가 없으면 밥상이 아무리 진수성찬이어도 김치를 대신할 수 없다.

농산물 공판장은 시 외곽에 있어서 버스로도 왕복 1시간 반이 걸리는 곳이다. 평소엔 쉽게 가지 않던 발길을 돌려 공판장으로 갔다. 추석이 가까웠으니 초조했다. 한데 평소와 달리 공판장이 썰렁했다. 천여 평 남짓한 공판장을 샅샅이 돌았어도 김칫거리는 없었다. 이 먼 곳까지 왔다가 빈손으로 가려니 쉽게 발길이 돌려지지 않아서 대체할 무라도 사려고 간데 또 가고 여기저기 기웃거려도 무도 눈에 띄지 않았다.

그때다, 촌부로 보이는 아주머니가 큰 봇짐을 머리에서 내려놓는 것을 봤다. 혹시 김칫거리? 하는 생각에 유심히 봤더니 얼갈이배추였다. 너무 반가워서 급히 쫓아갔더니, 나만 본 것이 아니고 어쩌면 그렇게 삽시간에 많은 사람이 몰려들 수 있나 싶었다. 말 그대로 벌떼 같다.

물건 임자가 물건을 내주는 것이 아니다. 임자는 물건을 내 줄 수도, 돈을 받을 수도 없이, 아우성치니 김칫거리 한 임이 삽시간에 거덜이 났어도, 물건 임자 손에는 돈이 한 푼도 없었다. 그리고 물건만 동이 났으니 상황이 다급했다. 김칫거리 장사는 그제야 눈이 휘둥그레지며 “이게 뭐야, 돈 낸 사람은 아무도 없잖아” 하면서 정신이 돌아온 사람처럼 “도둑이야-” 하면서 소리를 지르니까 곁에 있던 상인들이 급히 달려와서, 무슨 일이야 하니까, “글쎄, 물건은 다 나가고 돈은 한 푼도 손에 없으니 도둑을 맞았지 뭐야~” 하니까 김칫거리를 집은 사람들이 하나, 둘, 값을 계산하고 잡은 물건을 내보이며 확인을 했다. 그러면서 “우리가 봤는데 물건 가지고 간 사람은 아무도 없으니까 차근차근 계산 하세요” 하니까 그제야 물건을 확인하고 계산을 했다.

주인이 물건값 받아서 계산할 새 없이 물건부터 쥐고 보자는 속셈들이었다. 불과 1~2분 사이에 배추가 동이 날 판인데 우물쭈물 돈을 주고받다 가는 더 큰 일이 벌어질 판이었다. 어떤 이는 배추단을 두 사람이 잡고는 내가 먼저라며 하다가는 한사람이 곧바로 손을 놓고 다른 단을 잡는 사람도 있다. 그 사람과 싸우다가는 그나마도 다 놓칠 것 같으니까 빨리 손을 놓고 다른 배추를 손 빠르게 집어 드는 이도 있었다.

제일 값싸고 제일 절실한 김치, 흔하고도 귀중한 김치, 한국인은 김치가 제2의 주식이다. 고기가 아무리 좋고 비싼 음식이라도 김치맛과 비교할 바가 아니다. 고기도 김치 없이는 제맛이 안 난다.

예술의 변

오래전에 인천예술인협회 6개 단체가 한차에 오른 적이 있었다. 정기적인 모임이 아니고, 시와 미술을 하시는 분이 경기은행 지점장인데, 그분은 독립유공자 후손이었다. 그런데, 중국에서 아직 유해를 모셔오지 못하다가 정부의 주선으로 참으로 오랜만에 고국 품으로 모셔오는 날인데, 대전국립묘지에 안장하게 됐다. 지점장 부탁으로 예술인협회에서 회원 몇 분만 동행해 줄 것을 인천예총회장(당시 김창완 회장)의 주선으로 한차에 오르게 되었다.

나는 평소에 찾아가서 책을 전할 수 없다가, 한자리에 여러 사람이 모인 기회에 책을 가지고 가서 한 권씩 청람을 드렸더니 그때 미술인협회 회장이며 인천 중구 예술인협회 회장이셨던 옥계 오석환 선생님이 책을 받아들고, "문학을 하시는 분들은 좋겠어요." 하길래 나는 반사적으로 "좋아 보이시는지 몰라도, 저희 문인들은 한탄하고 있습니다. 지금 문인들에게는 장송곡이 들린다고도 하는 판에 좋다니요. 화가들은 그림값이 천정부지로 오르고 명성까지 따르지만, 문학은 사이버 시대에 종이책이 맥을 못 쓰고, 대형서점이 곳곳에서 폐업하고 원고료도 제대로 못 받는 처지에 놓였어요. 근데 부럽다니요." 했더니 "김 선생 상처가 깊으시군요. 난 그런 뜻이 아니고 내 말은 값을 말하는 게 아니고…" 할 때 그분 말씀도 끝나기 전에 제가 원고료 운운했더니 "속물 같죠?" 하면서 약간 까칠하게 나갔더니 "옥계 선생님, 아! 아니! 아니! 그게 아니고 문인들은 가까운 지인들에게 책을 쉽게 줄 수 있지만, 화가들은 친한 사람에게도 선뜻 그림 한 점을 내주지 못하는 실정이고 보니, 문인들에게 책을 받을 때마다, 우리(화가)도 그랬으면 오직 좋을까? 하는 생각을 자주 하게 돼서요. 책은 모자라면 재판도 얼마든지 몇 쇄라도 찍을 수 있지만, 그림은 그렇지 못해요. 몇 날 몇 달 길게는 일 년 넘게 그려도 같은 그림은 세상에 둘도 아니고, 딱 한점밖에 없기 때문에 선뜻 내주지를 못하는 것이 아쉽다는 말이에요." 한다.

듣고 보니 내가 너무 경솔한 입을 뗀 것 같아서 민망스러웠다. 곧바로 성악을 하는 이필우 선생님이 입을 연다. "그래도 화가나 문인은 장소에 구애는 안 받으니까 좋지요. 성악은 연습부터 공연까지 장소의 구애가 절대적입니다. 연습 때도 아무 때나 아무 곳에서 할 수 없는 게 성악가의 고충이에요. 공연 때는 무대 선정에서부터 내빈 초청이며 악단 선정과 그 밖의 팀웍까지 고충이 말도 못합니다. 그 어려움을 안 겪은 이는 모릅니다." 하니까 옥계 선생님도 "우리도 그래요. 전시회 한번 열자면 그리기도 어렵지만, 표구에서부터 전시장 정하기며 초대장 배표에서 홍보까지도 연간 힘든 게 아니에요, 전시회가 끝나도 그 후속 처리도 보통 노동이 아닙니다. 또 전시회가 끝나고 그림이 많이 팔리면 모르지만 그렇지 않을 때는 부채만 남을 때도 많다고 한다." 연이어 무용, 연극, 사진부까지 그 애환이 어마어마했다. 난 원고료 운운하며 통명을 떨었던 일이 부끄럽고 무안했다. 또한 음악, 미술, 무용, 연극 등의 공연이나 전시회가 끝난다고 꼭 수익성이 보장되는 것이 아니고 가끔은 부채가 남을 때도 있다고 한다.

예술! 누가 등 떠밀고 시켜서 하는 것도 아니고 돈 되는 일도 아닌데 그렇게 고달픈 예술을 왜 하느냐고 비아냥거리는 소리도 가끔씩 듣는다. 그래도 우리 예술인들은 자부심이 강하다.

인생에 재미를 주는 예술! 삶의 희로애락을 연극으로 춤으로 노래로, 그림으로, 글로 표출하는 예술은 삶의 에너지가 아닌가? 몸동작 하나로 인생의 삶을 표출하는 춤, 가사에 음성을 실어 혼을 쏟아내는 노래로 사람들에게 흥을 돋우고 감동을 주는 음악, 눈에 보이지도 않는 바람을 눈으로 볼 수 있게 하고 온갖 이야기를 눈으로 생동감 있게 보여주고 들려주는 미술, 고뇌와 탄식을 또는 행복을, 사람의 숨소리까지 눈으로 보고 손으로 만질 수도 있게 하는 조각, 눈으로 보이지도 않고 손으로 만질 수도 없으며, 소리도 없는데 세상 삼라만상을 장소에 구분 없이 또는 시간의 구애 없이 언제 어디서나 볼 수 있는 문학, 심지어는 가시에 찔린 아픔이 마치 용광로에서 흘러나오는 쇳물처럼 뜨거운 눈물의 실체가 없이도 보여주고 공감할 수 있게 하는 문학, 인생사 말고도 삼라만상의 아름다운 자연과 우주 천체의 운행까지도 보여주고 들려주는 문학 또는 지랄 발광까지도 무언으로 보여주는 행위예술까지 모두 사람의 삶을 생기있게 하고 재미를 주는 예술이야말로 가장 위대한 보화로 본다.

당초에 욕심이나 허영 같은 거품은 가당치도 않다. 그래서 예술인은 자부심이 강하다. 명예와 부를 보장받는 고시생의 야심이나, 또는 권위와 명예와 부를 목적으로 지상 천국을 만들겠다고, 목에 힘을 주고 호언장담하는 정치인 또는 인기와 부를 한 손에 넣을 수 있는 연기자며, 그 밖의 영욕에 목메는 인생과는 섞일 수 없는 예술! 그저 남다른 생각을 창의성에 접목해서 자연의 삼라만상과 인생을 표출하고 싶은 강력한 끼가 용트림으로 쏟아내는 예술에 밥이 생기냐, 돈이 생기냐, 하며 침 뱉지 말라고 응수하고 싶다. 사람에게 재미를 주고 웃음과 눈물과 감동을 주며 때로는 교훈과 철학으로 감화시키지 않는가. 세기와 국경을 초월하는 세계적인 문호 톨스토이의 부활, 셰익스피어의 『로미오와 줄리엣』, 헤밍웨이의 『노인과 바다』, 시성 단테의 서사시, 『신곡』 등등의 수많은 명작은 지구를 통일하는 언어가 되었다. 그리고 미켈란젤로의 천지창조 천정화는 세기를 초월한 그림이 아닌가. 또한 로댕의 「생각하는 사람」의 조각은 타인의 생각과 고뇌를 손으로 만질 수도 있으니 가히 신의 손길 같은 느낌이 든다. 눈으로 볼 수 없는 사람의 생각과 마음 고뇌까지를 시각에 넣고 손으로도 만질 수 있다니 이는 예술이 아니고는 불가하지 않은가?

그래서 예술은 위대하다. 또한 순간을 영원으로 묶어둘 수 있는 포토 예술의 힘, 이는 원자탄으로도 해낼 수 없는 예술의 힘이다. 제한된 지면 위에 일일이 열거할 수 없다. 이밖에 춤으로, 연극, 영화로 다양한 장르를 통해서 이야기하고 철학을 담아내는 예술! 우주와 삼라만상을 사랑하고 눈물과 비극도 감동을 주고 재미를 준다. 그래서 예술은 종교보다도 위대하다.

천지창조

신앙생활 60여 년을 돌아보면 참으로 부끄럽기 짝이 없다. 왜냐하면 하느님께 너무도 불충한 생활을 해 왔기 때문이다. 교회에서 봉사활동도 못 했고 더구나 살아가면서 이웃들에게 덕을 베푼 적도 없고, 공을 닦은 일도 없다.

천성이 게으르고 열정도 결핍되어 그렇다. 하지만 신을 공경하고 굳건한 믿음은 자부한다. 성경을 다독하지는 못했어도 창세기 천지창조를 수없이 음미한다. 모든 자연과 세상에서 일어나는 다양한 인간사 속에서 철옹성 같은 권력이 무너지고 부귀빈천을 뒤엉켜 놓으시는 불가사의한 일들을 보면서 신의 섭리를 생각하게 된다.

그 방대한 성경을 어눌한 입술로 표현하기란 어불성설이지만 우선 창세기 1장 1~31까지 천지창조를 가장 좋아한다. 땅은 아직 꼴을 갖추지 못하고 비어있는 채 어둠이 심연을 덮고 영이 그 물 위를 감돌고 있었다.

이는 온전히 무(無)가 아니던가. 적막무짐(寂寞無朕)한 허공(虛空) 상태라면 표현이 될까? 그 깊은 심연과 어둠 위에 하느님의 영이 서리심을 음미하며 무에서 천지를 창조하심을 감읍하게 된다. 거룩하신 영께서 말씀으로 빛을 내시고 빛과 어둠을 가르시어 낮과 밤을 정하시고, 궁창을 가르시어 하늘과 땅을 내셨다. 그리고 땅 위에는 온갖 종류의 과일을 맺게 하시어 사람에게 양식을 주셨다. 그리고 만물의 생성과 소멸을 주관하시는 하느님께서는 그 모든 것을 사람에게 내어주시고 쓰이게 하셨으니, 감사하고 찬미하고 경외함이다.

또한 하느님께서 광대무변한 하늘에 해와 달을 걸어두시어 빛으로 세상을 밝히시고 점들처럼 보이는 뭇 별들과 행성들이 저마다의 궤도를 추호도 어김없이 불문율인 자연법칙에 따라 돌고 있다. 만일 그 운행이 질서를 잃고 오차가 생긴다면 우리는 안심하고 지구에서 살 수 없을 것이다. 이 경이로운 운행이 하느님의 섭리가 아니면 불가하지 않은가. 하늘! 우주 천체는 너무 높아서, 넓어서, 커서 눈을 뜨면 일부만 보이고 눈을 감아야만 머릿속으로 겨우 상상해 볼 수 있는 우주 천체!

미미한 독서를 통해서나 더듬거릴 수 있는 우주 천체에 대해서 조잡하고 어눌한 입술로 말하기는 감히 외람스럽다. 하늘의 넓이와 크기에 너무 놀라운 몇 가지만으로도 경이로움에 절로 감탄이 터져 나오고 기가 죽는다. 천체 중에 수성이라는 행성이 있는데 수성은 우리가 사는 행성, 즉 지구와는 전혀 다르다고 한다.

수성에서 하루는 지구에서 1년의 2/3라고 한다. 그리고 표면 온도는 태양이 비치면 섭씨 400도 이상으로 치솟다가 밤이면 물질을 태우는 용광로가 되고 온도가 수

천만 도에 이른다고 하니 상상할 수가 없다.

또한 하늘이 얼마나 넓은지 엄청난 거리를 잴 때 우리가 사용하는 m나 Km로 측정할 수 없고 광년을 단위로 쓴다고 한다. 광년은 1초 동안에 30만 Km를 움직이고 따라서 1광년은 엄청나게 먼 거리여서 우주선으로 여행하더라도 약 1년이 걸린다고 한다. 놀랍기만 하다.

과학자들이 기록한 글은 독서를 통해 어렴풋이 알았다. 우주 천체의 이 놀라운 크기와 넓이와 거리! 이 모두를 하느님께서 창조하시고 운행하시니 탄복하고 두려울 뿐이다. 이토록 광대무변함과 반대로 너무 작아서 육안으로는 볼 수 없고 현미경으로나 볼 수 있다는 세균, 이 세균은 사람에게 이로운 세균도 있고 해로운 세균도 있다. 이로운 세균으로는 발효식이다. 된장, 김치, 젓갈, 식초, 유산균이 들어 있는 요구르트 등 수없이 많다. 그리고 숲속에 가면 그윽한 향기가 사람의 심신을 상쾌하게 해주는 향이 바로 균 냄새라고 하는데 학자들은 균 이름을 '방성균'이라고 명명하고 흙 속의 진주라고도 한다. 한데 이렇게 '효자균'도 있지만 반대로 사람을 이승에서 산채로 지옥으로 밀어 넣는 균도 있다.

오래전에 서울 명동성당에서 소록도로 피정을 갔었다. 소록도는 한센병 환우들의 요양소라는 것은 다들 알고 있다. 새벽 5시에 집을 나와 지하철 1호선, 7호선을 두 번 갈아타고 반포역에서 버스를 타고 고흥군에 도착하니 오후 2시 30분이다. 10시간 이상 걸린다.

숙소 배정을 받고 짐을 풀기 바쁘게 셔틀버스에 올랐다. 성당 바로 뒤편에 있는 곳을 제일 먼저 들렀는데 그곳은 예전에 나환자들이 벽돌 굽던 가마터라고 했다. 지금은 값비싼 수종으로 잘 가꾸어진 아름다운 공원 모습이지만 그곳은 환우들의 한 많은 질곡의 장이었다.

추위와 배고픔에 지치고 손가락이 떨어져 나간 손목으로 흙을 퍼 나르고, 흙을 개고, 부수고 하면서 노예처럼 일하던 곳이라고 했다. 우리 일행은 거기서부터 탄성이 새어 나오고 가슴이 아려왔다. 이렇게 시작한 공원 설명을 들으면서 다음은 중앙공원으로 올라갔다. 거기서 환자들의 생활 규범을 듣고, 다음으로는 감금실에 대한 설명을 들었다. 감금실?! 죄를 지을 조건도 틈도 안 주는 곳에 무슨 감금실인가? 라는 의문과 가벼운 저항을 함께 느꼈다. 죄를 짓기에는 너무도 허약하여 검불 같은 인생, 죄를 짓기에는 너무도 깨끗한 성정을 가진 사람들 아닌가, 그런데 감금실은 교도소보다도 더 무섭고 혹독하고 잔인한 곳이었다. 설명을 통해서 소록도의 역사가 한눈에 들어오는 듯했는데 감금실까지? 하는 생각과 사람은 어쩔 수 없이 죄를 짓게 되는 게 인간의 한계일까 싶었다. 그렇다 해도 형벌이 가해질 만큼의 죄가 될 게 뭐 있을까 하는 생각에 머릿속은 혼란스럽고 심장이 찔린 것 같이 뜨끔거렸다.

감금실은 1933년에 만들어졌는데 당시 일본인 원장이 법의 절차 없이 징계와 검속권을 행사하며 환자들을 구금하였다 한다. 환자들은 우선 감식과 태형으로 맞아 죽고, 굶어 죽고, 얼어 죽었으며, 10명 중 절반이 죽어 나갔다. 살아서 나간 남자 환자들은 강제 거세 및 정관수술로 신체 불구가 되어 나갔다는 것이다. 또 임신 중인 여자는 뱃속의 태아를 꺼내 약물에 담가놓고 개월 수를 표시해 전시하는 등의 생체 실험하던 해부대가 아직도 남아 있다고 한다. 여기까지만 들어도 전신이 얼어붙는 듯 피가 굳어지는 느낌인데, 그들의 죄명을 듣고는 자칫 주저앉을 뻔했다. 그 잔인한 형벌의 죄명은 남녀가 사랑했다는 죄명이고, 또 하나는 탈출을 시도하다가 물도 건너보지 못하고 감시망에 걸려 붙들린 예라고 한다.

천형의 한센병! 손발이 마디마디 끊어져 나가고 눈썹은 물론이고 안구가 빠져나가고, 콧날이 주저앉고, 미처 손을 쓰지 못하면 절단까지 감행하면서 겨우 숨을 쉬고 사는 사람들! 그래도 마음이 살아 있고 외로워서 사랑한 것이 죄라고?! 고향이 그립고, 혈육이 그립고, 뭍이 그립고, 사람 사는 세상이 그리워 마을에서 쫓겨날 때 품었던 앙심 같은 것은 오히려 사치스러운 생각이었을까. 나가 봤자 다시 쫓겨 오고 숨어다니면 빌어먹을 수조차 없는 뭍이지만 죽을힘을 다하는 광적인 그리움이 죄라고?! 이렇게 마음속으로 저항하면서 난 절대자에게 외쳤다.

'하느님, 왜요 왜 그러셨어요, 하느님께서 저주의 병균을 왜 하필이면 죄 없는 사람에게 던지셨나요?! 아니면 사탄의 짓인가요? 그렇다면 하느님은 왜 바라보고만 계셨나요?'

이렇게 저렇게 하느님께 탄원을 외쳤다. 하나님의 형상대로 지음을 받은 사람, 하느님의 지혜를 조금 얻었다는 사람, 직립으로 걷고 울 수도 있고 웃을 수도 있으며 금수와 천사의 중간에 있다는, 그래서 만물의 영장이라는 사람이 먼지만도 못한 세균에게 잡혀 무너지다니! 하느님의 의중을 헤아릴 길 없다고 뇌었다.

자꾸만 왜요? 하고 가슴이 먹먹하도록 외쳤다. 먼지보다도 작아 육안으로는 볼 수 없어 현미경으로나 볼 수 있다는 바이러스, 그렇게 작은 것이 어디에 입이 있어 피를 빨고 소화시키는 내장이 있으며, 사람에게 침입하면 결단내고야마는, 독하고 사나운 성깔이 있단 말인가. 이 또한 하느님의 창조물 중에 불가사의한 생명체이니 절로 감탄하고 경탄하지 않을 수 없다. 너무 커서 다 볼 수 없는 우주, 너무 작아서 보이지 않는 세균, 하느님의 창조와 섭리에 놀랍고 두려워진다. 2020년 초부터 지구상에는 코로나바이러스와 전 세계가 전선 없는 전쟁 중이다. 역사 이래, 전 세계가 일시에 마비되는 전쟁을 치르고 있다. 달나라로 여행한다는 시대에 보이지도 않는 바이러스 하나 이기지 못하는 허약한 인간!

선악은 동전의 양면

언제부터인지 우리 사회는 죄인에게 너그러워졌다.

극악무도한 범죄인에게도 합당한 원인을 찾고, 심지어는 피해자가 원인 제공한 것처럼 말하는 사람도 있다. 그리고 죄는 미워도 사람은 미워하지 말라는 말도 한다. 그렇다면 죄 따로 사람 따로 분리하자는 것인가.

난 그렇게 보고 싶지 않다. 죄는 사람의 영혼으로부터 나오는 행위이지 죄가 허공에 떠다니다가 아무에게나 다가가서 행위를 조장하는 게 아니라고 본다. 물론, 개개인의 죄를 살피자면야 자신 있게 난 깨끗하다고 선뜻 나설 수 있겠는가. 살아가자면 일상생활에서 이해관계를 따질 때도 있고, 성격상의 결함으로 자제력 없이 타인에게 상처를 주는 등등 헤아릴 수 없이 많은 잘못을 저지르고 사는 것이 사람의 한계라고 본다. 하지만 가끔씩 사회를 떠들썩하게 뒤흔드는 기사나 보도를 볼 때 분개를 지나서 소름이 돋는 사건 앞에서 그를 동정하는 변론까지도 나온다. 전과자의 재범을 두고 사회가 받아주지 않아서라든지, 또는 어릴 때, 편부와 편모로부터 학대를 받아서라든지, 사랑의 결핍이라는 등등으로 그의 삐뚤어진 성격과 행위를 외부로 돌리고 너그러운 변론이 죄를 정당화한다. 불행과 죄가 함수관계라면 누가 불행한 사람을 동정하겠는가, 그 속엔 독오른 뱀처럼 똬리를 틀고 있다가 기회만 있으면 살생하려는 그에게 가까이 할수 있겠는가.

음탕한 주색에 빠져 가족을 방치하고, 무고한 어머니를 학대하던 아버지를 변호하며 닮아가는 아들도 있고, 자신의 무능을 부모 탓, 사회 탓을 하며 분개하고 사회 탓을 하며 아무런 노력도 없이 허상을 꿈꾸다가 마성에 잡혀 사회악을 저지르는 쪽에 성자 같은 측은지심이 드는 것일까. 또한 북한의 체재를 여러 매체를 통해서 충분히 듣고 봤기에 북한 국민은 눈도 귀도 입도 닫고 살아야 하고, 때로는 목숨을 부지하기 위해서 가면의 연기도 해야 하는 실정을 충분히 알 테지만 서슴없이 북한을 찬양하는 종북 좌파의 심리도 이해할 수 없다.

하지만 아무리 용서받을 수 없는 중죄인 일지라도 그가 생각과 행위가 바뀔 때는 누구라도 쌍수를 들어 환영하고 가슴으로 그를 안게 된다. 그 대표적인 예로 금년에 온 세계를 놀라게 하는 세기의 용서와 세기의 화해, 세기의 평화가 펼쳐졌다. 온 지구촌의 눈이 우리나라로 쏠렸다.

2018년 4월 27일 판문점에서 남북정상회담 장에서 극적인 장면이 연출됐다. 파리 새끼도 넘나드는 분계선을 사람은 제아무리 독불장군이라도 얼씬도 못 하는 분계선을 북한의 김정은 국방위원장이 70년 만에 처음 남쪽으로 넘어왔다.

우리 대한민국 문재인 대통령이 나는 언제쯤 넘을 수 있겠느냐고 하니까 김정은 쾌히 지금 바로라고 하니까 두 정상이 손을 잡고 월경하는 모습은 정상의 모습이 아니고 장난끼 많은 어린애같이 다정했다.

분계선이래야 철조망도 없고, 콘크리트로 높이 5cm, 넓이 50cm라는 벽도 아니고 평범한 하나의 선이다. 세 살짜리도 쉽게 넘나들 수 있는 선이다. 그 선을 양쪽 정상이 70년 만에 처음 월경하는 보습을 보자고 전 세계의 눈이 쏠리고 국내외 취재기자가 고양시 킨텍스에 마련된 프레스 센터에 4,000여 명의 눈이 일시에 쏠리면서 감동하는 표정은 영원히 남을 명장면이다. 그렇게 쉬운 선을!

더욱 놀라운 것은 김정은 국방위원장의 얼굴이다. 얼마 전까지만 해도 핵실험을 하면서 웃는 표정이 돼지 같던 모습이며 심술이 더덕더덕 붙은 볼과 턱이며 목덜미에 접히던 주름까지 미련스러워 보이던 모습이었다. 그의 입에서는 쏟아내던 독설로 남한을 피바다로 만들겠다, 불바다를 만들겠다, 남조선 괴뢰들을 운운하며 독설을 퍼 붙던 모습은 그날 전혀 보이지 않았다. 오히려 풍성한 살집은 후덕해 보이고 웃는 모습은 천진해 보이기도 했다. 그리고 첫 대화에서부터 겸손했다. 웃는 얼굴로 “오늘 대통령께서 좋아하신다는 평양냉면을 멀리서 가져

왔는데~ 아니, 멀다고 하면 안 되겠다."하면서 실언인 양 말을 고쳐가면서 겸손과 친절을 다하는 모습에서 옛 모습을 전혀 찾을 수 없었다. 마치 자주 이웃끼리 대하는 모습처럼 보여 흐뭇했다. 문재인 대통령이야 평소에도 잘 웃으시는 모습이어서 새삼스러울 게 없지만 김정은 국방위원장은 전혀 아니어서 그날 온종일 웃는 모습에서 후덕하고 귀염성까지 보였다.

두 정상은 온종일 만면에 웃음이 그치지 않았고, 포옹하고 악수하고 다정한 모습이었다. 며칠 뒤에 싱가폴에서 있었던 미북 오랫동안 긴장했던 생각이 확 바뀌었다. 트럼프 대통령과의 만남에서도 처음에는 약간의 긴장 빛이 있었지만, 곧 풀렸다. 미북 정상들의 만남도 포옹과 악수와 미소로 대했다. 일시에 핵이 폐기되고 지구촌의 평화가 올 것처럼 화기애애했었다.

이 땅에서 다시는 지옥 같은 전쟁이 사라지고 곧 평화가 올 것 같은 분위기였다. 평화의 꿈이 깨지지 않도록 추호의 거짓이 없기를 간절히 소망한다.

제2부
절반의 행복

등하굣길

난 왜정 말기에 태어나서 해방 전후 세대다. 그때 우리나라 경제는 지금의 아프리카보다도 더 가난했다.

우리 집은 구한말에서부터 지금까지, 6대째 살아오는 인천 토박이다. 그래서 인천의 발전상을 돌이켜보면 몇 세기를 살아온 느낌이다. 한 개인이 이토록 변화무쌍한 세상을 고루 살아 보기도 쉽지 않은 일일 테다.

문인협회에서 보내온 원고 청탁서에 인천을 소재로 한 작품을 보내라는데, 너무 변해서 오히려 낯설고, 어떨 때는 타향 같은 느낌이 든다.

가난한 시절이어서 돌이켜 보기도 싫은 법한데, 오히려 내 일생에 가장 아름다웠던 때였던 것 같다. 우선 형제가 많았다. 특히 오빠들이 많았다. 왜냐하면 이모네 고모네가 인근에 살아서였다. 우리 오빠는 나이 차가 많아서 오빠 같지 않고 늘 감독관처럼 내 잘못을 지적해서 싫었다. 아버지께 반말한다고 야단, 아버지 궤상에서 연적을 꺼내다가 소꿉놀이한다고 야단, 밥 먹을 때 아버지 상으로 옮겨가서 좋은 반찬만 먹는 것도 야단, 비 오는 날 운동화 신고 등교하는 것, 응석하는 것, 업히는 것 등등 뭐든지 잘못한다고만 야단이니 말이다. (나도 고자질을 많이 해서 오빠도 혼날 때 많았으니까)

그런데 외사촌 오빠나 당고모네 오빠들은 아주 친했다. 오빠들의 바다낚시 갈 때도 따라가고, 극장갈 때도 따라가고, 그런저런 일로 잘 지냈다. 실은 그럴만한 일들이 많았다. 나도 그만한 공이 있기 때문이다. 고만고만한 사춘기 오빠들이 여섯이나 되었으니 그들은 나를 교묘히 이용 가치가 있었던 것이다. 아버지 담배통에서 입담배를 한 움큼씩 훔쳐 오는 일, 궐련곽에서 몇 개비씩 뽑아다 바치는 일, 손님이 왔다 가면 재떨이에 있는 꽁초도 골라다 준다. 그뿐인가, 오빠가 늦은 귀가 때는 한약방을 하시는 고모부는 불호령이시다. 그럴 때 내가 스파이다. 고모는 남편과 달리 밥을 못 먹여서 좌불안석일 때, 내가 몰래 가져다주고 약국방 상황을 알리는 일을 한다. 그리고 극장 갈 때 돈이 모자라면 내 용돈을 구걸할 때는 큰 덩치에 애교까지 부린다. 그때 극장은 딱 두 곳밖에 없었다. 지금의 애관극장이 그때도 애관극장이었다. 그리고 신포동에 있던 동방극장이(지금은 없어지고 주차장이 되었다)었는데, 동방극장에서는 영화만 했다. 난 아무런 뜻도 모르고 재미도 없지만, 오빠들 속에 묻혀 있으면 재미있는 일들이 많았다. 입담배를 종이에 말아서 한두 모금씩 돌아가며 빨아대고 안달하던 모습이며, 지금의 세관 근처의 넓은 초원에서 뛰고 소리 지르고 씨름하고, 뭐 별것도 아닌지만 웃고 떠들고 내가 미처 따라가지 못하면 훌쩍 업고 뛰어가는 등 모두가 재미있었다.

우리 집은 해광사 왼쪽에서 약간 뒤편에 있었다. 그리고 모두 일본 집들이었다. 해광사 왼쪽에는 (지금의 중구 노인복지회관) 왜정 때 재판 하던 것을 보면 법원이었던 것 같다. 그리고 바로 연계해서 앞뒤, 양옆 모두가 일인들 동네였다. 그리고 한옥은 기와집 2채와 함석집 2채 해서 4집뿐이었다. 해광사는 일본인 절이었고, 절과 연계해서 바로 뒤쪽엔 조흥은행 지점장 관사였고 그 뒤로 지금의 율목도서관은 그때 일본인 별장이었다.

도서관을 연계한 뒤편으로는 지금의 율목공원인데 그때는 일본인 공원묘지였고, 묘지 한쪽에는 화장장이 있어서 늘 화장터라고 했다. 묘지라고는 하지만 조금도 혐오스럽지 않았다. 꽃과 숲이 아름다웠고, 온갖 나무가 빽빽이 심어져 아이들은 술래잡기도 했고, 매미, 풍뎅이, 잠자리, 메뚜기, 나비 등 온갖 새소리가 낭랑하던 공원이었다. 묘지는 석조로 꾸몄고, 유골을 안치했으니 전혀 묘지 같지 않았다. 내가 어린 시절을 동경하는 이유 중 하나가 온통 집 주변이 꽃과 나무와 새 소리다.

해광사 옆에 있던 우리 집은 약간 높이 있어서 앞마당이나 대청이나 툇마루 어디서도 낙섬이 보였고, 낙섬 해안에 접안해 있는 황포돛대, 나무배가 평화로이 정박한 모습이 그림 같았다.

해광사에서는 남해가 끝없이 이어지는 수평선과 인천항에 정박해 있는 여객선과 어선들이며 거대한 외항선이

팔미도 쪽에 한가로이 떠 있는 그림도 서울서는 볼 수 없는 장관이다.

그때 우리는 장난감이 뭔지 놀이기구가 뭔지 모를 때였어도 심심하지 않았다. 해광사의 높다란 축대며 우리 눈에 까마득한 돌층계도 다 우리들의 놀이기구였다. 가위, 바위, 보로 층계를 오르내리고, 절 마당에 깔린 하얀 모래흙을 모아서 보물찾기 놀이를 했다.

지금의 숭의역쯤에도 바닷물이 들어왔고, 몇 발짝 가면 낙섬과 이어지는 좁고 긴 둑이 있었는데 왼쪽엔 염전이고 오른쪽엔 바다였다. 썰물 때는 갯벌이었다. 염전 끝에는 오밀조밀한 갯바위가 포개져 있는 낙섬이 있었다.

해 질 녘에는 멀리 낙조와 초저녁 샛별이 아주 로맨틱한 분위기였다. 또 낙섬 입구 쪽에는 염전과 연계된 천연 해수 수영장이 있었지만 수영하는 사람은 거의 없었고, 악동들이나 물장구치며 노는 것이 고작이었다.

그리고 반대쪽으로는 남해를 잇는 망망한 바다가 펼쳐져 있고 가끔 남해를 다녀오는 나무배가 황포돛대를 접고 한가로이 접안되어 있었다.

나무는 해안 공지에 쌓아 놓고 팔았는데, 장작은 한 무더기를 한 평이라고 했다. 또 다발 장작이며 솔가지 나무도 있었는데 돈 있는 사람들은 장작도 한 평 또는 여러 평씩 사서마차로 샀고, 솔가지 나무도 마차로 사 갔다. 그곳엔 지금은 제일제당이며 연안부두 야적장에

대한통운, 선광공사, 한진 등의 컨테이너가 산처럼 쌓여 있고, 각종 물류센터며 거대한 어시장이 자리하고 있다.

인천은 간척사업으로 송도에 신도시가 조성됐으며, 바다를 저만치 밀어내고 육지가 되었으니 지도가 완전히 바뀌었다. 지금의 율목도서관은 왜정 때 외교관의 별장이라서 출입이 통제되던 곳인데 해방 후로는 개방되었다. 그곳은 정문에서부터 뒷문까지 온통 꽃이었다.

약간 경사진 길옆으로 석조 난간이 서 있고, 난간을 따라 길게 이어지는 꽃밭이 장관이다. 앵두나무, 개나리, 진달래, 목련, 밤나무, 대추나무 등등 수없이 많은 수종이며 지금의 도서관 건물 앞에 비스듬히 경사진 곳엔 금잔디며 클로버가 융단처럼 깔려 있었다.

우리 집은 신흥동이지만 율목동 경계에 있었는데 초등학교는 지금의 동구청 옆에 있는 동명 학교였으니, 학교에 가자면 율목동으로 해서 유동을 거쳐 배다리로 가야 가까울 테지만 지름길을 놔두고 반대쪽인 지금의 율목도서관으로 가서 꽃구경하면서 갔다. 거기엔 행인도 가끔씩 눈에 띄고, 집도 없고, 가게도 없었다. 길게 이어지는 꽃길을 걸으면 저절로 노래가 나왔다. 난 신발주머니를 팽글팽글 돌리면서 목청껏 노래를 불러도 보는 사람이 없으니 부끄럽지 않았다.

모든 물건의 질이 나빴던 그때 란도셀 잠금도 양철로 되어 있었으니 금세 빠져나갔고 뻣뻣한 뚜껑은 걸음 걸을 때마다 덜컹덜컹 소리를 냈다. 그래도 상관없다 오히려 노랫소리의 박자 역할을 했으니 말이다.

하굣길에도 가까운 길을 비켜두고 굴다리에서 싸리재(지금의 경동가구 거리)로 들어서면, 그때 싸리재는 인천에서 제일 발전한 곳이었다. 경동사거리에서부터 배다리 입구까지 아스팔트가 깔린 길이었다. 배다리 굴다리를 벗어나서 약간 올라가면 첫 집에서부터 책방이 이어졌다. 싸리재 첫 집에서부터 읽고 싶은 책을 읽었다. 얼마쯤 읽다 보면 서점주인이 애들아 이제 좀 가라면서 쫓았다.

그러면 다음 서점에 가서 보던 책을 찾아서 그다음 줄을 이어서 읽었다. 그렇게 첫 집에서부터 끝 집까지 가면서 읽으면 웬만한 동화책이나 만화책 정도는 한 권을 거뜬히 읽는다. 좀 두꺼운 책을 며칠만 들락거리면 다 읽을 수 있었다.

그리고 학교에 가서 노는 시간에 친구들한테 이야기해주면 애들은 꿀같이 듣는다. 그리고 싸리재엔 '희문당'이라는 문구점이 있었는데 주인아주머니의 친절은 우리 학교 애들이 거의 다 알았다. 지금도 유명한 천지양행은 인천에서 제일 큰 포목점이었으며 또 제일 크다는 건재국이며 기독병원 앞 지금의 동서대약국 맞은편에는 제일 큰 만물상이 있었는데 간판처럼 없는 게 없는 만물상이다. 거기엔 동양자수 베개며 퇴침 또는 숫실, 털실, 멋진

스웨터며 갖가지 유리그릇까지 모두가 구경거리였고, 그 중에서 제일 눈길을 끈 것은 금박 은박이 박힌 반오장이며 치맛단 등 이었다.

지금 생각하면 별것도 아니지만, 그때는 그렇게 소소한 것들도 다 구경거리였고 호기심 거리였다.

그런데 지금 별천지처럼 발전했고, 선진국에 버금가는 신천지같이 발전된 인천이 왜 이렇게 삭막할까? 항구에 살면서 물 구경 한번을 하려면 배를 타고 나가야 하고, 가까이 다가설 수 없는 물! 자칫하면 위험이 따르는 물길이다. 그리고 꽃과 숲이 우거지고 온갖 새들이 우짖던 해광사, 도서관 율목공원 등은 모두 부대 건물이 들어서서 한 치의 여유도 없이 복잡하고 삭막하다. 집 둘레에 어디를 가도 꽃과 숲이 빽빽했던 곳이 낯선 타향 같다.

가난하던 시절에도 싸리재엔 책방이 줄을 서 있었는데 지금은 대도시 인천, 역사 깊은 인천, 전국에 2대 도시라고 했던 인천에 책방이 동인천에 대한서림 한 곳뿐이다. 그곳도 1, 2, 3, 4층이었던 곳이 지금은 1층은 베이커리 빵집이고 2, 3층만 운영한다. 서글픈 일이다.

또한 사람까지 낯익은 얼굴이 모두 떠나고 세대가 바뀌었으니, 성당엘 가나 시장엘 가나 심지어 목욕탕엘 가도 모두 낯선 얼굴들이니, 고향이 아니고 타향 같은 내 고향! 인천이다.

천사의 목소리

몇 년 전에 길에서 부단히 오금이 시큰하더니 무릎이 꺾이고 주저앉았다. 가까스로 집에 와서 동네병원을 찾았더니 연골 주사를 1주일에 한 번씩 2개월 맞아 보라고 해서 연골 주사를 맞고 몇 년 동안 잘 걸었다. 그런데 지난해 여름부터 다리가 또 아프기 시작해서 다시 연골 주사를 2개월 맞아도 여전히 아파서 견딜 수가 없다. 계속 병원을 찾아갔더니 연골 주사는 오래 맞으면 안 된다며 수술을 권했다. 더는 버티지 못하고 부평 힘찬병원에서 양쪽 무릎 수술을 받았다.

원래 겁이 많은 터라서 몇 년 전에 무릎 수술을 먼저 받은 질부에게 물었더니 전혀 아프지 않고 수술 후에 병원 복도를 살살 걸으라고 하는데 그게 좀 어렵다고 했다. 질부는 내가 수술을 받게 하려고 거짓말을 한 것이다. 한데 이게 웬일?! 마취가 풀리면서 헛소리를 하며 붕대 풀어 달라고 소리소리 질렀다고 한다. 그리고 처음 식사를 접하면서 사정없이 토했다. 진통제가 맞지 않은 이상체질이어서 그렇다며 진통제 주사액을 떼어 냈다. 그때부터 찾아오는 통증! 수술받기에는 너무 고령이고, 고혈압. 천식이며 당뇨가 500까지 오르는 등 여러 악재가 고통을 증폭시켰다.

토해서 식사를 통 못하고 영양제로 지내는데 설상가상

으로 설사까지 하는 등 상태가 최악이었다. 힘찬병원은 간병인이 따로 없고 간호사가 간병까지 겸하고 있다. 층마다 간호사실이 입원실 가까이 있다.

체온, 맥박, 혈압, 혈당을 체크하고 채혈이며 주사 등 늘 잰 걸음으로 분주하다. 그런데 식사도 못 하면서 설사라니! 제일 어려운 게 화장실 출입인데 설사라니! 통증 때문에 상체도 일으키지 못해서 리모컨으로 침대 상부를 굽혀야 겨우 윗몸을 일으켰다.

간호사실에 연결된 버튼을 누르면 몇 초 내에 간호사가 달려오는데 그 몇 초 사이에 벌써 일을 저지른다. 간호사는 천신만고로 휠체어에 태워서 화장실에 데려간다. 화장실 입구에서부터 초긴장이다.

밤에는 다른 환자가 깰까 봐 최대한 낮은 목소리로 내 귀에 입을 대고 속삭이듯 지시한다. 어머니, 왼손은 문고리를 잡고 오른손은 세면대에 힘을 주세요. 가까스로 휠체어에서 내리지만, 문에서 변기까지 거리가 아득하다.

간호사는 다시 어머니 오른손으로 변기 앞에 저지대를 붙드세요. 그리고 왼발을 오른쪽으로 모으시고 오른발을 떼어 변기 쪽으로 놓으시고, 앉으세요. 하면서 측각을 세워 겨우 앉혀놓고 나가면서 혼자 절대 일어서지 말라는 주의와 끝나면 버튼을 눌러서 간호사를 부르란다. 다시 간호사는 휠체어를 변기에 딱 붙여 놓고 옮겨 앉히기가 보통 어려운 게 아니다. 이때 환자가 일어서야 옷을 갈아입힐 텐데 환자는 요지부동이다. 일어서지도 못하지만 아무리 조심해도 환자는 걸신만 해도 악악 비명을 질러

대니 말이다. 환복 바지를 주름 잡아서 겨우겨우 발목에 꿰어놔도 환자가 변기에서 일어서야 궤침을 올려줄 텐데. 환자는 납덩어리처럼 앉아서 옴짝달싹을 못 한다. 이렇게 옷을 갈아입히기가 어렵다.

"어머니! 앞에 지지대를 붙들고 손에 힘을 한껏 주시고 일어서 보세요."

"아파, 못해."

손에 힘이 없어 한다. 못하면 어쩌란 말인가?!

"어머니! 왼쪽 발을 오른쪽으로 모으세요."

"못해~. 그냥 왼쪽 발목을 지그재그로 해서 오른쪽으로 모으시고 몸을 돌려서 휠체어에 앉으세요."

이렇게 천신만고 끝에 침대에 눕히고 또 시트를 새것으로 갈아준다. 이렇게 하기를 밤낮으로 3일을 지내면서 환복을 7벌 갈아 입히고 침대 시트를 3번 갈아주면서도 한 번도 짜증 섞인 음성을 듣지 못했다. 밤낮없이 어머니 어머니 하면서 손놀림은 민첩하고 걸음은 늘 잰걸음으로 오가지만 늘 조용히 그림자처럼 움직인다. 물병을 씻어서 새물로 몇 번씩 갈아주고 운동실을 데려가고 데려오고 며칠마다 머리를 감기고, 발을 씻겨 주는 등 쉴 새 없이 수고를 해도 언제나 웃는 얼굴과 부드러운 목소리다. 그들은 외상의 통증과 약해진 마음을 다치지 않으려고 노력한다.

대학에서 정규 교육과 실습을 거쳐 숙련된 자격 위에 사랑과 인내로 환자의 회복을 돕는 간호사들은 지상에 있는 천사가 아닐까?

농담일까? 발상일까?

우리 형제는 11남매였으나 위로 언니 둘이 일찍 갔다. 한 명은 홍역으로 잃고, 또 한 명은 설사할 때 양귀비대를 달여 먹였다가 잃었다고 말로만 들어서 얼굴은 못 봤다. 더 큰 비극은 오빠 세 명이 월미도에 수영 갔다가 삼형제가 비명횡사했다.

어느 해 이른 봄에 아버지는 집을 지었다. 추녀에는 서까래에 환을 이어붙이고 기와를 얹어 제법 눈길을 끌었다고 한다. 그런데 어느 날 지나가던 스님 한 분이 한참을 서서 구경하더니 아버지에게 "쥔장이시오?" 인사를 하고는 "하아! 여기는 혈이 끊긴 곳이어서 집을 지으면 안 돼요."라면서 지금이라도 작업을 중단해야 화를 면할 거라는 말을 듣고도 아버지는 스님의 고언을 무시하고 집을 완공해서 입주했다. 그리고 얼마 안 되어서 아들 셋을 잃었다. 월미도에서 수영하다가 비명에 갔다. 아버지는 심신을 추스르지 못하고 마치 착란증까지 보였고, 마침내 인부를 동원해서 그 집을 팔지도 않고 헐어 버렸다고 한다.

해서 호적상으로는 11남매를 낳으셨으나 실제로는 오남매만 남았다. 그나마도 큰언니는 일찍 출가했고, 큰오빠와 나는 나이 차이가 너무 커서 오빠는 늘 꼬투리 잡는 감독관처럼 경직된 얼굴이니 가까이할 수 없었다.

그런데 이모네도 오빠가 셋이 있고, 언니는 없었다. 당숙 고모네는 한약방을 했다.

또 고모네는 육 남매 중에 언니는 일찍 출가했고, 큰 오빠는 직장 관계로 멀리서 살았다. 그래서 집에는 사촌기 오빠 셋이 있었다.

그리고 이모, 고모가 모두 가까이 이웃해서 살았다. 난 자연히 이종사촌과 육촌 당숙 고모네 오빠들과 어울려 자랐다. 그런데 그들은 홍일점인 나를 심부름꾼 아니면 장난감 취급을 했다. 그들은 셋 이상 모이면 언제나 이상한 모의가 꾸며진다. 어느 날 고모네 셋째 오빠가 아주- 심각한 표정으로 날보고 하아! 예가 죽어 줬으면 참 좋겠는데 할 때, 작은오빠들도 놀라고, 나도 놀랐다.

작은오빠들이 눈이 휘둥그레 가지고 "어?! 형! 왜 그래? 엄니 알면 형 디게 혼날려구 ---" 할 때, 나도 눈을 동그랗게 뜨고 "어머머!"하면서 말을 잊지 못했다.

오빠는 시침을 딱 떼고 정색을 하면서 "니가 죽으면 내가 널 주인공으로 해서 소설을 쓰면 아주 대작이 나올 거란 말야, 하면서 주인공은 첫째 예뻐야 하고, 머리 좋고 영리하고 새침하고 말소리 곱고 해야 하는데 네가 딱 이거든."하면서 일장 연설이 이어졌다.

"너~ 소설 주인공이 되면 영생불멸이란 말 들어 봤지, 앞으로 몇 백 몇 천 년까지 역사에 남는 세계인이 널 기억할 텐데 싫어?"하면서 너스레를 늘어놓던 오빠가 운명의 장난인가? 몇 달 후에 낙섬 앞바다에 낚시 갔다가 밀물 때를 몰라서 늦게 나오다가 갯고랑 물에 쓸려서 떠내려가는 것을 함께 갔던 친구들이 뻔-히 보면서도 구해내지 못했다고 한다. 그렇게 많던 오빠들이 하나, 둘 사라지더니 지금은 나만 홀로 남았다.

고대 다니던 고모네 둘째 오빠는 해방되던 해에 좌익활동을 하다가 사찰계 형사였던 큰 오빠의 설득으로 전향했다가 좌익 동지들의 손에 총탄에 쓰러졌다.

셋째 오빠는 낚시 갔다가 갯물에 쓸려갔고, 또 이모네 둘째 오빠는 6.25전쟁 때 인민군에 납치되었다. 그리고 친오빠 셋은 월미도에 수영 갔다가 횡사했다. 고모부는 한의원을 오래 하고 유명세를 타서 서울에서도 환자가 찾아올 만큼 명의였어도 자식들은 한 명도 건지지 못했다. 그런저런 이유로 그 많던 형제들이 다 - 가고, 지금은 큰 언니의 큰아들(조카)과 나만 남았다.

조카는 나이 차이가 가까워서 자랄 때는 이모라고도 않고 싸우면서 자랐는데 지금은 그도 나와 같이 늙어가면서 무척 외로운가 보다.

날 보고 살아있는 유일한 조상이라며 이모라고도 않고 꼭꼭 '이모님'이라고 존칭을 쓰며 애틋이 여긴다. 참으로 허무한 인생무상이다.

타향 같은 내 고향

우리 친정은 지금까지 6대째 인천에서 살고 있다. 나는 5대째가 된다.

나는 인천에서 출생해서 지금까지 한 번도 타지방엘 가서 살아 본 적이 없다. 나는 인천에서 왜정 말기에 태어나서 해방 전후를 겪었고, 6.25의 전후(戰後)시대와 4.19와 5.16의 격동을 겪었다. 그동안 역사의 소용돌이 속에서, 환희와 신음을 들으면서 변모하는 인천을 세세히 보아왔다. 그런데 그 많은 풍상을 겪으면서도 세월이 갈수록 인천은 젊어지고, 나는 그 안에서 늙어지고 있다.

지구의 회전은 같은데 세월이 갈수록 젊어지는 인천의 생리는 무슨 비결인가? 반하여 나는 잔약해지는 육신과 생명력의 유한으로 인간의 한계를 벗어나지 못함을 어쩌랴. 그러나 인천은 유구한 나이를 닻줄에 감고도, 앞으로 억겁의 나이를 잴 것도 없이 혈기 왕성하게 약동하면서 새 단장에 분주하다.

국제항의 면모를 갖춘 동양 최대의 갑문과 도크 시설로 그 위력은 가히 세계적이며, 도크 안에는 늘 국내외의 화물선이 수출입 하역 작업으로 생동감이 넘친다. 연안에는 각종 원자재며 곡물과 컨테이너들이 산더미같이 적재해 있어 야적장은 언제나 부를 자랑하고 있다.

또, 광활한 수출 공단의 주야로 돌아가는 기계 소리는

산업 현장의 맥박 뛰는 소리로 약동하여 인천은 언제나 젊어 있다. 그리고 앞으로는 근해에 떠 있는 크고 작은 섬들이며, 인근에 있는 도서 지역까지 안아 들여 도시화는 물론이고, 최신 위락시설을 갖추어 관광개발은 물론이며, 거대한 운하를 신설하여 세계적인 관광지와 산업도시와 국제항의 자질을 갖출 야망을 설계 중이라니, 나는 인천시민이라는 긍지와 자부를 꼿꼿이 세운다. 그런데 뭔지 잃은 것 같고, 놓친 것 같고, 지워진 것 같은 허전함은 왜일까? 아름답던 바닷물을 저만치 밀어내고, 간척사업으로 땅은 넓혔으나 정다운 바다와는 멀어진 것이다. 광활한 갯가에 살면서도 작은 어패류 하나 주워볼 수 없고, 어디를 가나 “위험하니 가까이 가지 마시오.”라는 팻말과 함께 철책으로 막혀 있다.

내가 어릴 때 접하던 바다는 늘 가깝고 정다웠다. 물이 빠진 개펄 끝에는 멀리 남해를 다녀오는 밀물 시간에 올 손님처럼 기다렸고, 미끌거리는 개펄에서 게와 함께 달음질치고 놀았다.

수평선 위에 가붓이 떠 있는 배가 돛단배인지 연락선인지를 친구들과 내기를 걸기도 했다. 또, 머슴애들은 나무껍질로 배를 깎아 만들고, 계집애들은 종이배를 접어서 배 위에 개미손님을 태우고 바닷가로 몰려나가 물 위에 띄우고 돌아와서 그날 밤 내 배가 어디쯤 갔을까 하는 공상으로 잠자리를 뒤척이기도 했었다.

모래를 일어내는 파도의 밀어를 들으며 소리치며 뛰어

놀던 백사장도 지워졌고, 바람을 안고 뛰어놀던 초원도 지워졌다. 어린아이는 물론이고 청소년과 노인까지 사랑하여 즐겨 찾던 쌍으로 앉은 환상적인 낙섬이 평토되어 주저앉았다.(지금의 제일제당쯤?)

물 위에 떠 있는 섬의 절경이 아니라도 그 섬이 그대로 살아 있다면, 오밀조밀한 갯바위는 천연 조각만으로도 아름다운 낙섬이 우리를 반길 터인데 하는 애정이 아직도 식지 않고 아쉽기만 하다. 나이를 짐작할 수 없이 억겁을 살아왔음 직하여 물살로 다듬어진 갯바위의 조각이 우매한 사람의 손에 수명을 다하지 못하고 비명에 스러졌음을 애곡한다. 지금도 나는 종합 터미널 근처를 지날 때면 여기쯤이었나? 저기쯤이었나? 하고 흩어진 꿈 조각을 주워 모으듯 더듬거리게 된다.

어디 그뿐인가. 우리들의 문구를 수급해 주던 싸리재에 있던 '회문당', 여학교 시절의 수예품을 수급해 주며 성숙한 규수로 지도해 주던 경동에 있던 유명한 수예점 '금선사'며, 항상 가슴 설레도록 입고 싶고 갖고 싶던 물건들로 허영심을 불러내던 '만물상'과 비단이 그윽하던 싸리재에 있던 '천지양행'집, 침이 꼴깍 넘어가도록 먹고 싶어 학비를 덧거리짓하여 들락거리던 일명 '연애당'이라던 '인천 도너츠집'도 그 명맥이 끊긴 지 오래고 주인들의 후문도 이제는 아지랑이처럼 가물거린다.

그리고 인천을 출입하던 국내외 귀빈이면 누구나 들렀음직한 저 유명한 연회장 '중화로'는 철거된 채 빈터에는 잡초만 무성하여 화려했던 옛 모습은 흔적도 없고 영화의 무상함마저 느끼게 한다. 또 중화로와 버금가던 공화춘도 주인을 잃고 흉가처럼 음산한 그늘로 덮여 있다. 그 거리는 폐허가 되어 아쉬웠는데 한중 수교로 차이나타운이 들어서서 인천의 관광 명소가 되어서 다행이다.

교회에 가나, 시장에 가나, 심지어는 목욕탕엘 가도 만날 수 있었던 그들, 문전만 나서면 몇 발자국 안 가서 만나던 살붙이 같던 친구와 이웃들도 흩어져 지금은 소식도 없으니, 옛정을 찾을 수 없다. 거리도 낯설고 사람도 낯설고 옛 모습은 어디에서도 찾을 수 없다.

어느 때엔 마치 내가 낯선 외지에 이사 와서 사는 것 같은 착각마저 일으켜 실향민 아닌 실향민 같은 심정이다. 고향이라면 멀리 떠나서 살다가도 고향길 어귀에 서 있는 나무 한 그루를 보고도 길을 찾을 수 있고, 바위 한 덩어리라도 눈에 익은 건물 모습에 반갑고, 낯익은 얼굴에서 정이 솟는다지 않던가.

하지만 내 고향 인천의 옛 모습은 지워졌어도 바닷물의 푸르름이 그때 그 빛깔이고 물 위에 떠 있는 외항선의 뱃고동 소리의 정서가 있어, 늘 로맨틱하여 인천은 늙지 않고 쇠하지 않는다.

또 인천시민의 애칭인 '짠물' 정신은 과소비하는 요즘 세태에도 동화하지 않으니, 근검절약하는 알뜰 정신은 후대의 영광을 약속할 것이다.

고유제 축문(아버님 영전에)

서기 2019년 2월 4일 아버님 영전에 불초여식이 삼가 고하나이다.

아버님 작고하신 지 어언 43년의 세월이 흘렀습니다. 불초여식의 출생으로 아버님 평생에 탄식과 한숨을 드렸나이다. 아버님께서 저를 키우신 노고는 태산을 지고 준령을 넘는 고생을 하셨습니다.

강보에 싸인 채 지어미로부터 받아 안으신 놀라움은 하늘이 내려앉는 듯 눈앞이 아찔하셨음을 측량할 길 없습니다. 불초여식은 제 몸을 헐어서 효도해도 부족할진저 오히려 불효막심한 죄를 범하고 평생을 아파 뉘우치고 슬퍼합니다. 슬퍼한들 참회한들 이미 저지른 죄를 속죄할 길이 없어서 더욱 슬퍼합니다.

아버님께서 저를 키우실 제 모든 것을 다– 잃고 버리셨습니다. 부귀와 명예도 버리시고, 체면조차 버리시고 타의 구경거리가 되셨기에 부끄러움과 수치를 겪으셨습니다. 좀 자라서 제가 화상을 크게 입었을 때도 저의 치료를 비정한 간호사의 성의 없는 손길에 맡기지 않으시고, 손수 온 정신을 집중하시어 정성과 사랑을 다하여 치료해 주셨을 때 아버님의 아픔과 사랑이 어떠하셨을지 불초여식이 감히 더듬거리며 헤아려 보려 하오나 이 또

한 우매한 불초여식의 아둔함으로는 측량할 길 없습니다.

그토록 금지옥엽으로 키우신 여식이 자라서 결혼조차 불행 속으로 자진하였을 때, 참아 괴로우심을 참을 길 없으시여 여식을 손수 키우셨던 지난날을 후회하시면서 “차라리 일찍이 열병에 걸렸을 때 죽게 버려둘 것을” 하시면서 탄식하셨던 아버님의 슬픔과 고뇌를 제가 감히 측량할 길 없습니다. 태어나선 안 될 불초여식이 태어나서 아버님의 운명을 불행으로 바꿔 드렸음을 크게 슬퍼합니다.

오늘 이 한 많은 축문으로 아버님 영전에 사죄와 고별을 고합니다. 불초여식이 박복하기 그지없으며 한평생 눈물로 살았으면서도 명이 길어서 아버님 연수를 훨씬 지난 80성상을 살고 있습니다.

아버님 영전에 고하기 민망하오나 불초여식이 지금 늙고 병들고 몸은 수척하여 검불로 갈아입고 평생 가난까지 곁들였으니 불초여식의 생애가 곤하여 이 또한 아버님 영혼에 아픔을 드리는 막심한 죄인이옵니다.

아버님 생전에 정직하게 사셨고, 뜨거운 사랑으로 많은 자식을 양육하셨음에도 불구하고 아버님 유택에 성묘하는 자식 하나 없고, 아버님 기일을 기억하는 자식 하나 없으시니, 이 또한 아버님 신위께서 작히나 슬프실지 측량하옵니다. 하여 가난하고 신세 기박한 여식이 오라비로부터 아버님 시신을 억지로 받아서 오라비는 화장을 주장하였으나 여식의 고집으로 천주교 선영에 유택을 마련하여 모셨사옵고, 43년을 한식과 추석에 성묫길을 다녔사오나 이제는 여식의 근력으로는 불가함을 감지하고 성묫길과 제사와 차례를 중단하게 됨을 극히 슬퍼하며 고합니다. 외람되오나 이 또한 인생의 한계라 생각하오며 슬픔과 아픔으로 사료됩니다. 아버님 신위께서 너그러이 받아주옵소서. 아무도 저를 대신할 후손이 없음을 이 또한 슬퍼합니다.

제사와 차례가 멈추고 성묫길이 끊기는 날들을 생각하오면 뼈마디가 끊기는 아픔을 불초여식도 견디고 있사오니, 아버님 신위께서도 슬퍼하시지 마시고, 불초여식을 용서하여 주시옵소서.

한세상 살아오면서 아버님의 사랑을 견줄만한 사람이 아무도 없음을 아뢰오며 아버님 생전에 불초여식에게 쏟으신 사랑과 정성을 거듭 회상하며 아버님께 애도하여 간소한 제수를 진설하였사오니 부디 강림하시어, 흠향하옵시고, 불초여식에게 노여우셨던 일을 용서하옵소서.

2019년 양력 2월 4일
(음력 2018년 12월 28일)
불초여식 의순 상서

고유제 축문(아들 영전에)

서기 2019년 2월 4일(음) 12월 28일 안희섭(시몬)의 영혼 앞에 고하노라.

오늘 내 아들 수재 희섭이, 네가 소천한 지 만 20년이 되는 날이다. 세상사로 치면 세월이 무상하다고 하지만 어미는 마치 어제 일 같은 슬픔이 아직도 가라앉지 못했음을 고하노라.

내 아들 영재 희섭아, 인연의 끈은 인력으로 못하고 하늘의 뜻으로 맺어진 모자의 연으로 박복하고 어리석은 내게 태어나서 내 모든 불행을 함께 나누어지고 살았던 내 아들 희섭아, 네 영혼 앞에 눈물짓노라, 네가 이 세상에서 그 짧은 생애를 사는 동안에 한 번도 기뻤던 날이 없었음을 어미가 부족한 위로를 주노라, 어미가 너를 위로한들 크게 슬퍼한들 네가 세상에서 겪었던 고뇌를 측량할 길 없구나. 네가 겪었던 슬픔과 외로움을 털끝만큼도 같이 해주지 못했던 많은 일은 빼 마디가 녹아내리는 슬픔뿐이다.

변명조차 해명조차 부질없어서 가슴에 묻고 산다. 어미가 아둔하고 우매하여 너의 깊은 슬픔을 헤아리지 못했다. 용서해라. 어쩌다가 내 앞에 태어나서 그 짧은 생애를 그토록 슬프게 살다가 돌아서 갔단 말이냐. 한데 네가 내 가슴에 남기고 간 사연이 왜 이렇게 태산같이 많은지 마치 비수를 품은 듯 찔리고 아파서 견딜 수가 없구나. 그동안 너무도 애틋하고 슬퍼서 네 기일을 잊지 않고 제를 지냈고 한식과 추석에 성묘를 다녔으나 이것으로 네 영혼이 다소의 위로가 되었을지 측량하기 어렵구나.

어미 뼈에 사무치는 내 아들 희섭아, 오늘 기일에 축문으로 고하노라. 어미가 이제 늙고 병들고 몸과 정신이 한계에 왔음을 고하노라. 하여 제사를 멈추고 성묫길이 끊긴다 해도 슬퍼하지 마라.

언젠가 꼭 닥칠 일이었으니 이 또한 세상사 인생사의 무상함이 아니더냐, 하여 어미가 아픔과 슬픔을 다하여 오늘 네 기일에 조촐한 제수를 정갈하게 진설하였으니 어미의 정성과 사랑을 운감하고 영면에 들어 평화의 안식을 누리며 천상의 행복을 누리기를 기원한다.

2019년 2월 4일 음 12월 28일
20주기 기일에 부쳐

박복하고 어리석은 어미가
뼈에 사무치도록 사랑하는 아들 안희섭(시몬) 영전에

절반의 행복

어느 날 본당 피정에 다녀왔다. 그날의 피정 주제는 "한국인의 의식 속에 있는 행복의 기준"이었다. 행복! 사람이면 누구나 행복을 목마르게 희구하고 갈망하지 않을 사람이 있을까?

나는 인류 중에 가장 행복했던 사람은 구약에 나오는 솔로몬 왕을 꼽고 싶다. 그는 지혜가 뛰어나서 삼천 가지의 잠언과 천여 편의 노래를 지었다. 그리고 모든 초목을 논할 수 있었으며, 야수와 짐승에서부터 물고기며 벌레에 이르기까지 논할 수 있었으며 또한 부귀와 영화는 유프라테스와 블레셋과 이집트 국경에 이르는 지역 안의 모든 왕국을 지배하였고, 그들로부터 평생 조공을 받았으며, 많은 속국으로부터 거두어들인 금은보화가 그의 창고를 그득그득 채워 주었다. 그리고 공주와 결혼했고, 많은 후궁은 물론이고, 그를 기쁘게 해주는 가수 무희만도 헤아릴 수 없었다고 한다. 그 가운데 그의 나라는 태평성대였다니 그는 지상낙원에서 살았던 듯 싶다.

그런데 그는 성경 전도서에서 "세상은 모두가 헛되고 헛되다며 허무를 토해냈다. 마치 바람을 잡듯 헛된 일"이라 했으며, "목숨이 붙어살아있는 사람보다 숨이 넘어가 이미 죽은 사람이 복 되다."고 하며 삶 자체를 비관하는 극언을 하였으니, 그의 말대로라면 세상의 많은 말 중에 행복이라는 단어 자체를 사전에서 지워버려야 옳을 것 같다. 내 경우는 행복이라는 화려한 드레스를 한 번도 둘러볼 수 없었기에 늘 비관하는 터에 그날의 피정 주제가 행복론이었으니 가벼운 설렘마저 일었다.

강의 내용은 3단계로 나누어 첫째, 철학적인 의미의 행복, 둘째, 종교적(기독교)인 의미의 행복, 셋째, 한국인의 의식 속에 있는 행복의 기준은 무속적인 행복이라고 구분했다.

첫째, 철학적인 행복이란, 육체적인 순간의 쾌감, 즉 쾌락 또는 기쁨을 들었다. 예로, 통나무 속에서 햇볕을 쬐기 위해서 그림자를 비켜달란다든지, 육체적인 순간의 쾌감 등을 철학적인 행복이라고 했다.

두 번째로, 종교적인, 특히 기독교적인 행복으로는, 하느님을 두려워하고 흠숭하며 서로 사랑하고 율법과 계명을 지켜 죄 없는 단잠을 자는 것이 행복이라고 했다.

그런데 한국인의 의식 속에 기준한 행복은 어디에 두는가에서 무속적인 현세의 기원으로 수복건안(壽福建安), 부귀영화(富貴榮華)라고 했다. 즉, 안정과 건강으로 명이 길고 부를 누리되 영화롭고 몸이 귀한 자리에 놓이기를 바라고 그 밖에 자손이 번성하여 누대를 이어가기를 바란다고 했다. 흔히 어머니들이 정화수(井華水)를 떠 놓고 빌며, 무녀들이 굿 마당에서 비는 절실한 현세의 기원이라고 했다. 그런데 나는 수십 년째 종교 생활을 했으면 당연히 기독교적인 행복론을 받아들여야 피정을 제대로 했을 것인데, 엉뚱하게 무속적인 행복에 수긍이 갔다. 수복건안(壽福建安), 부귀영화에 수긍이 가고, 기독교적인 쪽으로는 엷은 반항까지 내심에 일고 있음은 어쩐 일인가? 무속적이라지만 수복건안(壽福建安), 부귀영화야말로 세계 어느 민족이든 종파를 막론하고 마다한 사람은 어느 역사에도 없을 것으로 생각된다. 부귀영화(富貴榮華), 수복건안(壽福建安)이라고 집약된 행복론이야말로 어찌 보면 가장 솔직한 인류의 소원이 아닐까 생각된다. 얼마만큼의 철학적인 사상이 심오해야 햇볕 한 자락으로 행복을 느낄 수 있는지 짐작할 수 없는 일이거니와, 종교적인 안목으로도 하느님을 두려워하고 섬기며, 서로 사랑하며 죄없이 단잠을 잘 수 있다고 해도 가난하고 천하고, 온갖 풍상으로 고통스럽다면 그 삶이 과연 행복이라고 볼 수 있을까?

지나친 종교의식은 허상에 가까운 위선일 수도 있다는 생각이 들었다. 솔로몬도 성경에서 사람이 아무리 지혜롭다고 해도 가난하면 무슨 소용이냐 했고, 하느님께서도 상을 내릴 때 풍부한 재물과 평화와 자손의 번성을 축복으로 주셨고(욥기 참조) 육신의 고달픔을 가난한 품꾼의 하루해가 지루하다고 비유한 대목이 있다.

일일이 열거할 수 없거니와 기독교 상으로 볼 때 자칫

육신을 무시하고 현세의 안락한 삶이 무시되고 현세보다는 내세를 강조하는 것처럼 들릴 수 있으나, 육신이 없는 영혼이 어떻게 하늘을 섬길 수 있으며 내세도 현세를 거쳐야 있을 거라고 생각된다. 또 가난을 청빈과 혼돈하는 것처럼 들릴 때도 있다.

하느님을 두려워하고 사랑하며 극진히 섬기는 욥이 부귀영화를 잃고 가문이 몰락했을 때 탄식 속에 하느님의 눈길을 자신에게서 돌려 달라고 했다. 왜 내가 걷는 발자국까지 세고 계시냐고 하나님의 관심을 원망하기도 했다.

금수나 미물까지도 먹고 자고 사랑하며 사는 것이 만물이라면 하물며 사람을 지탱하는 힘은 사랑이 아닐까 싶다. 사람이 온갖 부를 누린다 해도 사랑이 없으면 영혼이 없는 육신처럼 삭막할 것 같다. 사람을 사랑함은 물론이고, 천지만물이며 금수나 미물까지도 사랑하는 마음이 충만하면 행복의 원천일 것 같다.

또 세상엔 사랑하고 싶은 것이 너무나 많다. 친구가 있고 이웃이 있고, 동료가 있으며, 동료가 좋고, 소속된 모임이 있어서 좋다. 또 세상엔 사랑하고 싶은 것이 너무나 많다. 아름다운 음악이 있고, 춤과 연극, 기타의 예술이 인생의 희로애락을 표현하고 있으니 기뻐할 수 있어서 행복하지 않은가?

나는 사랑할 수 있는 심장이 있어서 절반의 행복은 누린다고 생각된다.

슬픈 눈망울

한 번 걸려서 넘어지면 좀처럼 털고 일어설 수 없는 것이 가난의 사슬인가 보다. 3층 꼭대기 옥탑으로 밀려갈 때만 해도, 부채가 쉽게 해결될 줄 믿었다. 아래층에서 살 때는 빨래나 널고, 장 항아리나 여닫으면서 올라다니던 수고와는 달리 고생이 이만저만 아니다. 얼마나 힘이 들던지, 외출할 때 잊고 나온 물건이 있어도 크게 중요하지 않을 때는 그냥 간다.

솥 떼놓고 3년이라는 속담처럼 집이 쉽게 팔리지도 않거니와 예상했던 일은 모두 망상으로 그쳤다. 나는 괴로움을 씻어내려는 자구책을 찾으려고 무척 애를 썼다.

첫째, 동녘에서 서녘까지 하늘이 넓어서 좋구나.

둘째, 초저녁별과 동틀 무렵의 샛별을 만나고, 한밤중엔 별 떨기 속에서 은하수며, 북두칠성이며, 무슨 무슨 별들을 찾아보는 재미도 좋구나.

셋째, 적요한 깊은 밤에 은빛의 만월이 누리에 비치고 달그림자 유정해서 좋구나, 이 밖에도 경축 때 불꽃놀이를 선명하게 볼 수 있고, 비 오는 날엔 천지가 부둥켜안고 해우의 눈물을 쏟는 듯한 서정도 좋았다. 또 쾌청한 날에 무심히 떠다니는 구름이며, 붉게 물든 석양까지 이런저런 아래층에서 느끼지 못하던 것을 찾고 자위를 했다. 그중에서도 제일 마음을 끄는 것은 햇볕이다. 하나밖에 없는 태양이 계절에 따라서 열과 빛이 변모하는 모습이다. 추위에 떨면서 걸음을 재촉하는 겨울 햇살의 아쉬움과 오랜 영어에서 풀려난 듯 모든 생명을 동반하고 부활을 찬미하는 봄볕, 그 속엔 금분이 묻어날 듯 찬연한 빛과 따사로움에 마음이 들뜨게 마련이다. 그리고 온 천지를 흐물흐물하게 녹아버릴 듯 작열하는 여름 햇볕은 마치 벌건 숯불 위를 걷는 양으로 괴로움을 가중시키지만 잡다한 근심 따위는 허락지 않는다. 좀처럼 물러날 성싶지 않던 더위도 시간 앞엔 정직하게 굴복했다. 소나기를 안고 호시탐탐 기습하려고 낮게 드리웠던 하늘은 습기를 말아 올리고, 키가 훤칠하게 높아진다. 무심한 구름이 한가히 노닐고 그 속에서 삽상한 바람을 일으킨다.

그렁저렁 일 년을 덧없이 보내고 옥탑 생활도 어느 정도 익숙해질 무렵이다. 따가운 가을 햇살이 아까워서 물고추를 말리고, 햇고추로 고추장도 담근다. 어느덧 김장을 서두르고 메주를 쑤었다. 이렇게 다시 전업주부의 본업을 찾는다. 화초를 손질해서 월동 준비를 마무리하고는 동면에 든 곰처럼 따뜻한 방에서 독서삼매에 드니 겨울도 지루하지 않았다.

입춘이 지나고 아직도 남은 추위가 언제쯤 봄을 부를지 아득한 음력 정월에 택일을 잡아 장을 담근다. 양광이 따스한 낮에 간장이 우러나는 농도를 들여다보면서

낙을 찾았다.

이웃 슬래브가 거의 맞닿은 옆집 옥상에서는 개와 닭을 키웠다. 도시에서 여명을 알리는 장닭의 외침은 매일 싱그러웠다. 그리고 조석으로 마주 보는 강아지도 사랑스러웠다. 사육하는 주인은 따로 있고, 난 수고도 책임도 없이 녀석들과 감정의 교감을 만끽했다. 그때마다 나는 흐뭇했다. 그런데 그것은 성급한 착각이었다. 주인은 그들을 돌보지 않았다. 먹이도 안주고 배설물도 치우지 않았다. 개는 빈 밥그릇을 엎어서 발로 입으로 직직 밀고, 굴리고 동댕이쳤다. 여간 시끄러운 게 아니었다.

내 생각엔 개가 심심해서 그러는 줄 알았다. 그런데 개가 소견이 있었다. 나를 부르는 안타까운 타전인 것을 몰랐다. 내가 나가면 우리 집 담 쪽으로 앞발을 올려놓고 꼬리를 치다가, 내가 안으로 들어가면 그때부터 밥그릇을 입으로 몰고, 발로 차면서 내동댕이치고 직직 밀고 다녔다. 그 시끄러운 소리를 거듭하는 것을 보고야 녀석의 의중을 읽을 수 있었다.

그때부터 개밥을 내가 주기 시작했다. 여간 힘겨운 일이 아니었다. 두 집 담을 건너자면 사이가 50cm쯤 떨어졌는데, 아래를 내려다보면 현기증이 났다.

닭은 또 어떠한가. '계사'랍시고 플라스틱 라이트 조각으로 엉성하게 막아 놓았다. 좁은 공간에서 더운 날씨에 온종일 허기와 갈증으로 기진해 있다가 나를 보면 푸드

덕푸드덕 요동을 친다. 차마 볼 수가 없다. 쌀을 좀 떠다가 모이를 주고, 물을 부어주고, 아침저녁으로 두 집 담을 넘나드는 일이 쉽지 않았다. 그뿐인가 개똥이 여기저기 널려 있으니 바람이 불면 그 먼지가 다 우리 집으로 날아온다. 불결해서 장 항아리를 열어놓을 수가 없는 상황이다.

생각다 못해서 어느 날 임자를 찾아갔다. 조심스럽게 고충을 말했더니 주인은 의외로 미안하다며 사과했다. 그러면서 개를 누구에게 줬으면 좋겠는데 자기는 시간이 없으니 나보고 마땅히 처리해 달라는 것이다. 그 후 며칠 동안 키울 사람을 찾았더니 쉽지 않았다. 수소문 끝에 데려가겠다는 사람이 나타났다. 그런데 녀석은 직감이 있었던지 낯선 사람의 근접을 경계하며 독기를 뿜고 사납게 짖었다. 하는 수 없이 내가 진정을 시키는 체하다가 데려갈 사람이 재빨리 자루를 씌웠다.

아! 슬픈 그의 눈망울! 겁에 질려 떨면서 반항하던 그의 몸부림! 그동안 밥을 주던 사람이라 몸을 떨면서도 믿고 순종하다가, 올무에 씌워져 끌려가던 그의 최후의 모습이 나를 오래도록 슬프게 했다. 녀석의 빈 밥그릇을 건너다보면서 나도 빨리 이 집에서 떠나고 싶은데 집이 팔리지 않아서 괴롭다.

나는 순한 양인가

70세 고령에 득남도 무남독녀도 아닌데 야단스러울 게 뭐냐고 하겠지만 내 출생은 아버지께 큰 기쁨을 드렸다.

우리 가문은 몇 대째 자식 농사가 안되는 집안이다. 아버지 대에서도 칠 남매가 모두 20세 전에 요절하여 아버지가 독자로 남았다. 그런데 우리 대에서 또 그렇게 많이 죽어서 내 위로 6남매가 청소년 때에 요절했고 바로 내 위에 언니가 3살에 죽고 내가 태어난 것이다.

아버지는 당신 형제들의 죽음과 자식들의 죽음까지 열댓 명의 죽음을 겪은 후였다. 그런 탓일까? 아들딸 구별할 새 없이 출생 자체를 기뻐하신 분이다.

내가 태어나던 날, 아버지는 새벽에 한의원을 하시는 당숙어른을 찾아가셨다. 해산 소식을 알리고 작명을 의논하려던 것이다. 약국은 동네 사랑방이었다. 날만 새면, 환자들 말고도 동네 노인들이 늘 방으로 그득했다.

1937년 1월 1일, 새벽 첫날이지만 양력이어서 일본 명절이니, 설로 여기지는 않았다. 아무튼 새해 첫날이다. 그리고 음력으로는 아직도 동짓달이다. 한학이며 주역이며 사주를 운운하는 노인들이 생년월일과 시를 써놓고는 무릎을 치며 "헛, 그놈 하나 달고 나올 일이지." 하면서 아쉬워했다던가?

병자년 경자월 무자일 축시(밤 2시)라, 쥐해 쥐달 쥐

날이며 시는 소라, 또 양력으로는 1937년 1월 1일 축시니 정월 초하루에 하늘이 열리는 자시를 자칫 비켰으니 이는 꼭 달고 나왔어야 하는 거라며 이러쿵저러쿵하는 말이 분분했다고 한다. "아무튼 개화된 세상인데 아들로 키우면 될 일 아닌가."하면 한편에서는 입맛을 씁쓸히 다시며 "아니지, 천지개벽을 한다고 해도 여자가 남자로 바꿔 살 수는 없는 일."하며 갑론을박으로 지은 이름이 의순義順이다.

그리고 돌림자는 순할 순順이다. 한데 순할 순順을 넣고 여자 이름을 지으려면 부르기 좋고, 음색 좋고, 뜻 좋은 이름으로 얼마든지 있을 법한데 어쩌면 옳을 의義자가 붙여졌을까 싶다. 나는 이 옳을 의로 해서 어릴 때부터 거의 일생 동안을 괴롭게 지냈다.

우선 그 음은 정확한 발음하기가 쉽지 않다. '의'는 '으'와 '이'가 겹쳐진 복합어이면서 발음 역시 합성음으로 나오기 때문에 분명하지 않다. 하지만 합성어라 해도 와, 왜, 외, 워, 웨, 애, 얘, 에, 예 등의 복합어는 발음을 정확히 할 수 있다. 하지만 의는 다르다. 대개는 문장 속에 토씨로 많이 쓰이지만, 발음상으로는 '으', 아니면 '에'로 들리기 쉽다. 또 정확히 발음한다고 해도 그 음색이 부드러운 미성이 나오지 못한다. '의'하게 되면 뭔가 쥐어박는 듯한 소리에 악센트가 붙는 음색이다. 실제로 내가 초등학교 때는 남자아이들이 나를 골려줄 때 '으이, 으이' 하며 주먹질을 하는 시늉으로 약을 올렸다. 그리고 아이들이 내 이름을 부를 때 발음을 정확히 하는 애들이 없었다. 으순이, 이순이, 우순이 등으로 불렀고 놀려댈 때는 '우순이니까 웃음보야', 또는 '우순이니까 울보야.' 하면 웃을 때나 울 때나 모두 이름을 넣고 놀려댔다. 그럼 발음상의 고충은 그렇다 치고 옳을 의義자가 내포하는 뜻은 어떠한가. 의義자는 염소 양(羊)과 나 아(我)의 복합자다. 글자의 뜻으로 보면 '나我는 양羊이다.'라는 글자다. 그럼 또 양의 일생은 어떠한가? 본래 양은 순하기만 할뿐, 토끼나 여우나 원숭이처럼 약은꾀가 있는 것도 아니고, 그저 맹물처럼 순하고 무력한 짐승이다. 무리를 지어 다닐 때도 목동의 지팡이에 따라 움직이고 풀을 뜯을 때도 개가 지켜주지 않으면 맹수를 피하지도 못하는 짐승이다.

'인자무적仁者無敵'이라고 하지만 양의 일생은 그렇지 못하다. 맹수의 먹잇감으로 주목되고, 포수의 표적이 되고, 길목을 지키는 야바위꾼의 함정이 기다리는 기박한 신세를 타고난 고달픈 짐승이다. 하지만 의자가 풍기는 인상은 전혀 다르다. 강하고 뜨겁고 옳다고 주장질하고 불순한 변칙과는 추호도 타협이 안 되는 고집스럽고 뜨거운 열변이 있고 추상같은 서릿발이 서는 인상을 준다. 하여 의義자가 붙는 단어를 살펴보면 의열義烈, 의군義軍, 의병義兵, 의사義士, 의도義徒, 의협義俠 등 거개가 부러질 망정 휠 줄 모르는 성질을 띠고 있다. 또 항상 의문과 이유를 제기하면서 삿대질이 있다. 그리고 의와 평생 대치 관계에 놓인 상대는 불不과 비非다. 그렇다면 의義는 숙명적으로 아니다, 틀렸다 하고 늘 시비를 제기하면서 천적과 공생해야 하니 그 삶이 얼마나 고달픈가!

의義 스스로야 깨끗하고 청정하고 수정 같다지만 세상이 옳기만 해서 살아지는가. 물이 맑으면 고기가 모이지 않는다고 하고 사람이 맑으면 사람이 붙지 않는다고 하지 않던가. 뿐만 아니라, 오히려 질시와 모함이 따르고 주변엔 늘 그의 허점을 노리는 복병이 숨어있다. 실제로 지금까지 살아온 지난날들을 돌이켜 볼 때 한 치의 틀림이 없다고 본다. 수없이 겪었던 음해와 모함이며 사기극에 빠졌던 함정과 견뎌내기 힘들었던 의분을 삭힐 땐, 마치 용광로를 지나가는 것처럼 힘든 날도 많았다.

이름이 그 사람의 운명을 좌우하는 주술적인 힘이 있다면 난 지금까지 강한 의義자로 살아온 것이 아니고, 나(我)는 양羊처럼 무력하게만 살았던 것 같다.

선무당이 사람 잡는다던가? 한학이니, 주역이니, 사주풀이까지 동원해가며 짧은 지식으로 지어낸 이름을 한평생 거북이 등짝처럼 짊어지고 살며 수많은 적과 맞서며 고달프게 살았다. 하지만 내 이름에는 아버지의 몽매한 기대와 기쁨이 내면에 배어있고 뜨거운 사랑이 묻어 있어서 아련한 연민도 느낄 수 있다. 이제 아버님 타계하신 지도 어언 50여 년이다.

내 이름의 주인은 나다. 삶을 그르친 것도 나고, 오히려 아버지는 이름을 잘 지어주셨으나 이름값을 못 한 것도 나의 게으름과 어리석음이 불러들인 것이라고 성찰한다.

애물

내게 문학 수업을 여러 해 받던 수강생이 있었다. 그의 조부님은 의대 교수이며 병원장이셨고 병리학을 저술했던 분이시다. 그 학생의 아버지도 의대 교수이며 병원장을 겸한 분이다. 그 집에는 유난히 아들을 선호하는 집인데 딸만 내리 셋을 낳을 동안 어른들 성화가 대단했단다. 넷째로 태어난 아들이 그 학생인데 그의 조부는 너무 기뻐서 100일까지 못 참고 출생 후 1달 만에 잔치하고 100일 잔치를 후에 또 했다는 말을 들었다. 말 그대로 금지옥엽 옥동자였다.

생명의 탄생! 참으로 경이롭고 신비한 출생! 맘껏 축복받아야 마땅하겠지만 오히려 저주스러운 출생도 있다. 바로 나의 출생이다. 전자의 경우는 온통 기쁨과 희망을 온 가족에게 안겨줬지만 내 경우는 정반대였다. 내가 자라면서 가장 많이 들었던 말이 "니가 왜 생겼냐, 너만 안 생겼어도 아버지가 왜 저렇게 됐겠냐."는 말을 사춘기까지 들었다. 특히 시집을 간 큰 언니와 가까운 인척들에게 귀가 따갑도록 들어왔다. 그럴만했다. 생일이 늦으니까 두 살이라고도 하고 무조건 첫 돌이 지났으면 세 살이라고도 할 때 엄마를 잃었다.

어미 잃은 어린 것을 아버지가 처음 받아 안았을 때 아버지의 탄식이 얼마나 크셨을까?

하지만 아버지는 이미 새 며느리도 있었고 출가한 큰 딸이 아기 젖을 물릴 때였으니 며느리든 딸이든 적당히 맡겨서 기를 수도 있었겠는데 굳이 아버지 손에서 놓지 않고 기르셨다. 상상할 수도 없는 일이다. 따라서 아버지는 모든 것을 잃고 버리고 손발이 묶인(나를 키우시느라고) 채 아무것도 못 하셨다. 어떤 경위로인지는 모르겠고 아버지는 일인과 함께 사업을 하셨다. 간장 공장과 꽤나 큰 정미소를 경영하셨다. 하지만 나를 받아 안고는 모든 일이 불가했다. 하여 아버지는 일인에게 다 넘겨줬다. 그 외인은 오히려 아버지를 크게 염려해서 나를 일본으로 데려가 키워서 보내겠다고 하는 말도 아버지는 거절하시고 손수 키우셨다. 그 외인은 아버지를 인격적으로 존중하며 무척 가까이 지냈고, 사업을 같이하던 중이었다. 사업을 인수한 그는 아버지에게 치과 일을 가르쳤고 편법으로 자신의 아들 자격증으로 치과를 차려줬다. 아버지는 재주가 많으셨다. 치과는 잘 됐다고 한다. 그래도 그렇지 아무리 출퇴근이 없다 해도 어린 것을 24시간 데리고 일을 한다는 것이 얼마나 고역이 있을지 짐작할 수가 없다. 내가 철이 들고 성장해서까지 가까운 이웃에는 빨래해오는 집, 바느질 해오는 집, 반찬 해오는 집이 있었고, 내가 크도록 가짜 엄마라고 부르던 아줌마가 있었는데 그 집은 내가 어렸을 때 아버지가 부득이 혼자 외출할 때는 나를 맡겨두는 탁아소 역할을 하던 집이다. 가짜 엄마는 내가 크도록 나를 무척 사랑해주셨다.

그리고 집에는 밥하는 일에서부터 청소며 그 밖의 아버지 치과병원 조수 일까지 닥치는 일을 일사불란하게 해내던 먼 촌 오빠가 시골에서 올라와서 집사처럼 일하던 사람이다. 때는 외정 말기였으니 물자 부족이 극도에 달했다. 미·일 전쟁이 막바지에 이르던 때였다. 일본은 비행기 가솔린 부족으로 콩기름을 썼고 콩깻묵을 배급받아 밥에 섞어 먹을 때였으며 각 가정에서 놋그릇 놋숟가락까지 강제로 걷어가던 때였으니 개인 사정은 어땠을지 지금 사람들은 짐작할 수 없을 것이다. 그럴 때 아버지는 나를 몸소 키우셨다. 다행히 아버지는 재력이 튼튼했던 것이 큰 도움이었다. 그렇긴 해도 아버지는 나 때문에 모든 것을 잃고 버리고 손발이 묶인 채 자유롭지 못했다. 그리고 체면도 벗어던지고 몸소 나를 업으시고 한 손엔 주전부리를 사 들고 다니셨다.

아버지는 상당한 멋쟁이셨다. 내 어릴 적 몇 번 보았던 아버지 모습은 지금도 눈에 선하다. 어린 짐작으로 일인을 만나러 가는 때로 생각된다. 그런데 거의 한복을 입으셨는데 여름에는 모시 두루마기에 하얀 파나마모자를 쓰고 멋으로 스데기(단장)을 짚었으며 겨울에는 곤색 세루 두루마기에 나까오리 중절모를 쓰시고 단장을 꼭 챙기셨다. 그리고 코 밑에 카이젤 수염을 기르셨다. 아버지의 생활이 곤궁해지고 노후에는 중풍까지 겹쳐서 참혹한 여생을 보내시면서도 코 밑에 카이젤 수염은 밀어내지 않으셨다. 그리고 애연가이어서 담배를 무척 좋아하셨는데 담배 종류가 다양했다.

궐련은 기본이고 잎담배를 파이프에 꾹꾹 눌러 담아 피셨고 가끔은 시가를 피우면서 이 사이에 지근지근 돌려가며 피우실 때도 있었으며 궐련 곽은 액세서리처럼 예쁘장한 도금을 입힌 곽을 쓰셨다. 그리고 시조를 좋아하셔서 쾌청한 여름날 저녁이면 마당에서 의자에 앉아 눈을 지그시 감고 구성지게 시조를 읊으실 때도 있었다. 아버지는 사색을 겸한 시조였겠지만 내 귀에는 슬프게 들려서 못 하게 했다. 나 하나 키우시기에 온통 인생을 바꾸던 아버지의 그 참혹한 고생을 보는 큰 언니는 나를 미워하는 게 당연했다. 그렇게 몇 년을 지내시다가 당숙 어른의 주선으로 내가 8살 때 재혼을 하셨다. 딸린 식구도 없고 비단을 고리짝으로 가득 담고 살림도 마차에 신고 왔다던 새엄마다. 그런데 아버지는 불과 한 달 만에 돌려보냈다. 아버지가 외출에서 돌아오면 주인에게 일과를 보고 하는 것처럼 온종일 있었던 일을 낱낱이 알리는데 아기였던 나는 오늘 쉬를 몇 번, 응가를 몇 번, 하면서 자신이 수고했던 일과를 사무적으로 고하는 사람처럼 보고하는 것을 보고 이 사람은 아니다 엄마라면 당연한 일을 모성애 없이 주종관계처럼 아기를 보는 사람에게는 어린 것을 맡길 수 없다는 생각으로 한 달 만에 돌려보냈다고 한다. 요즘 풍속으로는 이해가 안 가는 일이다. 그 후 얼마 뒤에 두 번째 새엄마를 맞이했다. 이번에는 지난번과는 달리 부양가족이 9명이 딸렸다. 친정 동생은

친정엄마를 모시고 가까이 살면서 떡 장사를 해서 살았고 친정어머니를 모시기 때문에 생활비를

조달해 주는 아우였다. 그때까지만 해도 아버지는 가난을 전혀 모르시고 살았기 때문에 딸린 식구가 많다는 것이 얼마나 큰 짐이라는 것을 짐작도 못 하시고 오히려 좋게 해석하셨다. 내가 저 사람의 식구를 잘 돌보면 내 어린 것(나) 하나쯤을 그쪽에서도 잘 양육해 줄 것이라는 생각으로 부양가족이 많은 사람을 택하셨다고는 들었다. 하지만 인생 문제는 과학이나 수학처럼 공식이 있고 정확한 답을 얻을 수 있는 것이 아니었다. 해서 아버지 생각은 180도 빗나갔다. 마치 까마귀 무리 속에 참새 한 마리처럼 아이는 오히려 어리둥절하고 낯설어했으며 두려움 속에서 잠시도 아버지 곁에서 떨어지지를 않았다.

그때 난 겨우 일곱 살이었다. 그리고 난 새엄마가 보기에 미운 짓만 했다. 우선 조석으로 밥그릇을 들고 아버지 밥상(독상)으로 가서 아버지가 반찬을 밥 위에 놓아주는 밥을 먹었다. 다른 애들(새엄마 아이들)이 보는 앞에서 밥 먹는 것부터 미운 짓을 했다. 그리고 밤이면 아이들과 같이 자는 것이 아니고 아버지 곁에서 자려고 했으며, 아침이면 아버지가 내복을 화롯불에 따뜻이 데워서 입혔으니 그 애들의 놀림감이 됐고, 새엄마는 아버지를 별스럽게 봤다. “애를 더구나 가시내(전라도 사투리)를 고로콤 키워서 뭣에 쓴다요.” 하면서 차게 길러야 한다느니 가시내가 은수저로 먹으면 팔자가 세다느니 일

곱 살이면 여느 집 같으면 불 때서 밥도 하고 설거지도 하고 동생들이 있으면 업어서 키우기도 하는 거인디, 고로콤 키워서 뭣에 쓴다요. 하면서 불만이 대단했다. 아버지의 후회는 늦었다. 새엄마는 집요했다. 그리고 부부가 자주 싸움을 하는데 육박전으로 덤비고 아버지에게 대들면서 옷을 찢고 물어뜯는데 가까이 사는 여동생과 친정어머니까지 달려오고 전 남편의 아이들도 합세하니 아버지는 걸레처럼 구겨져서 무리 속에 보이지도 않았다. 아버지는 도망치듯 나를 업고 집에서 멀지 않은 곳에서 한의원을 하던 6촌 누이동생 집으로 피신하여 한 달씩 지냈다. 그러면 새엄마가 곱게 단장을 하고 찾아왔다. 어른들끼리 무슨 이야기를 하는지는 난 모른다. 새엄마가 다녀가고 날이 어두워지면 아버지는 나를 업고 다시 집으로 갔다.

거식증 걸린 아이. 나는 새엄마에게 특별한 구박은 안 받았다. 아버지의 역성이 지나쳤기 때문이다. 그렇긴 해도 아이는 점점 눈치를 보게 됐다. 까불거리는 발랄함은 간데없고, 저녁때 아버지가 들어와도 곁에 가는 것을 망설였다. 그리고 아이들과 한 상에서 밥을 먹는데 전혀 반찬을 먹지 않고 맨밥을 먹었다. 아버지는 힐끔힐끔 곁눈질로 보고 계셨다. 어린 소견에도 아버지가 새엄마와 싸우면 무리 속에서 아버지가 폭행을 당하는 모습을 보고 내 속으로 나 때문에 아버지가 욕을 당한다는 것을 알기 때문이다. 새엄마가 싫어하는 것을 안 했다. 아이들과 한 이불 속에서 잠자고 아이들과 두레반에 둘러앉아서 밥도 먹었다. 그런데 여기서 문제가 생겼다. 아버지의 세심한 정성을 받고 자라던 나와는 전혀 달랐다. 그 애들은 콧물이 입술까지 내려오고 소매 끝으로 쓱쓱 문질러서 소매 끝이 반질반질했다. 손등은 터져서 피가 날 때도 있고 마치 때가 낀 것 같았다. 그 손으로 반찬을 집어 먹으며 젓가락은 전혀 쓰지 않는 것이 싫었다. 그래서 난 전혀 그 반찬을 아이들과 같이 먹지를 않고 반찬 없이 맨밥을 먹었다. 곁에서 힐끔거리며 보시던 아버지는 마음이 오죽하셨을까. 덩달아 아버지도 새엄마 눈을 피하고 날 위해서 고모네, 이모네, 오빠네 등에 돈을 주시고 아이를 보낼 테니 맛있는 것을 좀 해먹이라고 부탁하시면서 나보고 새엄마 몰래 오빠네 가라, 이모네 가라, 고모네 가라 하는 식으로 새엄마 눈을 속였다. 그래서였을까?

이모네를 가든지, 고모네를 가든지, 누구네 집에 가던지, 모두 먹을 것부터 내놓고 '먹어라, 먹어라.'고 했다.

아이는 점점 핏기가 없이 파리해졌고 음식을 보면 겁부터 났다. 마침내 아이는 거식증이 걸려서 전혀 음식을 못 먹었다. 그런데 그 누명은 온전히 새엄마가 썼다. 아이를 먹이지 않아서 빼빼 말라 간다고 여겼으나 새엄마도 억울한 생활을 했다. 그렇게 몇 달을 보내고 소학교(초등학교)에 입학했다. 새엄마의 두 아이까지 셋이 입학을 했다. 새엄마의 아이들은 취학 연령이 지났어도 그때까지 학교를 안 보냈기에 나하고 동갑내기와 그 위 둘째까지 해서 세 명을 소학교에 입학을 시켰는데 아버지는 그 애들과 같은 학교에 보내지 않고 나만 따로 다른 학교에 입학을 시켰다. 그런데 아버지는 나와 그 애들을 너무 눈에 띄게 차별하셨다. 아침마다 내 책가방(란도셀)을 챙겨 주시는데 필통에서부터 공책까지 살피신다. 필통을 열어서 지우개며 연필, 그리고 연필깎이, 칼(창칼)까지 챙기시고, 크레용이며, 놀이기구, 즉, 고무줄, 공, 줄넘기 등과 신주머니까지 세심히 살펴서 빠짐없이 넣어주셨다. 그런데 이때 아버지는 꼭 새엄마 몰래 하시는 일이 있다. 책갈피 속에 지전을 한 장씩 넣어주셨다. 통화가치는 모르지만 어린 것이 쓰기에는 벅찬 금액이다. 그래서 아이는 그 돈을 집에 가기 전에다 쓰고 가야했다. 지금처럼 아이들이 들락거릴 수 있는 떡볶이집이라든지 하는 곳이 있을 때도 아니고 아이가 그 돈을 다 쓰고 집에 가자면 머리를 써야 했다. 그래서 그 돈으로 색종이, 연필, 지우개, 도화지, 눈깔사탕 등을 잔뜩 사서 아이들에게 나누어 주는 일이었다. 왜정 말기에서부터 해방까지 우리나라 빈곤 실정은 극심하기 이를 데 없었다. 그래서 그때 아이들은 월사금을 못 내서 집으로 쫓겨 가던 때다. 미술 시간에 도화지나 색종이, 크레용 준비를 못 해온 아이들이 벌을 서던 때다. 친구들은 내게서 도화지 한 장을 얻으려고 또는 색종이나 눈깔사탕을 좀 얻으려고도 했고 운동장에서는 공놀이, 줄넘기, 고무줄놀이 등을 시켜달라고 조르던 때였으니 난 친구들 틈에서 아주 방만한 아이가 되어갔다. 버르장머리 없고 독선적인 아이가 되어갔다. 또 아버지는 가끔씩 일본 집에서 왜떡 일본식 찰떡이며, 찹쌀떡 등이 생기면 집으로 가져가지를 않고, 내가 오는 길목을 지켜 있다 가다 먹고 가라고 하신다. 무슨 수로 그 많은 것을 다 먹을 수 있겠나, 그 또한 아이는 큰 고역이었다. 난 점점 먹는 일이 두려웠다. 떡을 들고 곧바로 이모네 아니면, 고모네 집에 가서 떡 보따리를 놓고 집으로 갔다.

새엄마가 알면 아버지하고 크게 싸우니까. 아이는 오히려 먹는 일이 크게 부담스럽고 겁이 났다. 아버지에게는 많이 먹는 것을 보여야 했지만, 무슨 수로 아이가 그렇게 많은 양을 먹을 수 있단 말인가. 결국 아이는 거식증이 걸려서 임신 초기에 입덧하는 사람처럼 음식 냄새만 맡으면 헛구역질을 했다. 그리고 1년을 휴학했다. 해방되어 학교에 갔더니 우리 반 애들은 3학년이 되어서 구구단을 배우는데 나는 1학년을 6개월도 못 다녔는데 그냥 2학년으로 보내졌다. 이 밖에도 아버지의 과보호는 필설로 다 못한다. 결국 아버지는 재혼 생활을 1년 남짓하고 어렵게 청산했다. 50여 평의 대지에 함석집 한 채를 지어 새엄마에게 주고 헤어졌다. 아마 위자료였던 것 같다. 아버지의 재혼 생활까지 막을 내렸으니 큰 언니는 나를 더 미워했다.

"저게 왜 태어나서, 네가 왜 생겼니? 저것만 아니어도.

아버지가 왜 저렇게~"

그런 말을 사춘기까지 듣고 자랐다. 그때는 그런 말하는 큰 언니를 나도 상대적으로 싫어했다. 그런데 큰 언니의 속을 이해하고 내가 하찮다는 것과 아버지께 애물이었다는 것을 깨닫기는 나도 나이가 지긋해지고 원만치 못한 결혼생활로 삶에 질곡을 겪으면서 겨우 성찰하게 되었다. 그때 언니가 내쏘던 말이 옳았음을 알았다.

겁쟁이였던 아버지, 심약했던 아버지, 그랬기 때문에 나를 손수 키우셨는지도 모르겠다. 아버지는 무척 마음이 약하셨다. 집에서 쥐덫을 놓고 생포한 쥐를 죽이지 못하시고 쓰레기 집하장에 가서 쥐덫 문을 열어서 놓아주시던 분, 여름날 급히 외출하셨다가 곧 돌아오셔서 화초에 물을 주고 되짚어가시던 분, 앞가슴 조끼에 줄을 늘어트리고 다니던 회중시계는 어른 손톱만 한 나침판 액세서리까지 달렸던 아버지의 애장품이었는데 역전 대합실에서 소매치기를 맞았다. 다행히 소매치기의 손목을 잽싸게 잡았다. 군중이 모여들고 경찰에 넘기라고 야단들이었다. 아버지는 그의 손목을 꼭 잡고 시계를 되찾고는 눈을 부릅뜬 채 "못 된!" 이 한마디로 호령하고 소매치기를 그대로 놓아주신 분, 마음이 너무 심약해서 마당을 쓸어도 곧바로 쓰레기를 담지 않고 한참 후에 쓸어 담게 하셨다. 왜냐하면 개미 등 벌레들이 기어나가도록 기다렸다가 담으라고 이르시던 분이다. 그렇게 심약하신 분이어서 그랬을까? 아버지는 무척 겁이 많으셨다.

해방과 더불어 아버지의 전성기는 끝났다. 하지만 아버지가 조금만 겁이 없었어도 평생 잘 지내셨을 것 같은데 그러지 못했다. 해방 뒤에 일인들이 돌아가면서 아버지께 엄청난 부동산을 주었다. 간장 공장, 꽤나 큰 정미소, 병원, 주택 그 밖의 나대지 땅까지 상당한 재산을 주고 갔는데 해방 후에 시국은 좌익으로 큰 혼란이 왔을 때, 아버지는 왜정 때 일인과 함께 지냈던 일을 크게 두려워했다. 그리고는 왜인의 재산은 나라에 환수해야 한다며 불하를 하지 않으셨다. 그러고도 아버지는 평생동안 직업이나 직장이 없었다. 어떻게 살았는지 아버지만 아는 비밀이다. 그리고 무척 가난한 생활을 하셨다. 수입원도 없이 근검절약으로 살던 때, 난 아버지에게 포악하게 쏘아붙였다. 오빠가 기와집, 함석집을 50여 채를 팔아서 일본으로 하얼빈으로 활보하고 온갖 부랑을 떠는 것을 방치한 아버지를 원망했다. 아들만 자식이냐며 아들에게 다 내주고 빈털터리인데 왜 나를 낳았으며, 일본사람이 데려다 키워서 주겠다고 했을 때, 왜 안 줬으며 일본에서 자랐으면 내가 지금보다 훨씬 나았을 게 아니냐는 등의 폭언으로 아버지 가슴에 비수를 꽂았다.

아버지는 "헛!" 하는 탄식을 토해내셨다. 특히 왜 일인에게 안 보냈느냐는 원망에 아버지는 문을 박차고 나가신 적도 있었다. 그랬어도 아버지는 곧바로 화를 푸셨다. 내가 양은솥 닦는 것을 보시고는 사포를 사다가 닦아주셨다. 결혼 후에 친정에 살았을 때 첫 아이를 낳은 겨울에 기저귀를 빨아 널면 얼어서 잘 마르지 않을 때 꽁꽁 언 기저귀를 걷어서 아랫목에 펴 말리시며 당신은 윗목에서 주무시던 분이셨다. 친정집을 벗어나서 셋방을 얻어 따로 살 때도 아버지는 꽤나 먼 거리였던 내 집을 며칠에 한 번씩 들르셔서 연탄 아궁이를 덮는 두꺼비 집에 손잡이를 철사로 엮어주셨다. 연탄불이 꺼질 때를 대비해서 장작을 한 뼘 크기로 잘라서 자루에 담아 오시는 등 물가에 놓아둔 아이처럼 노심초사하시던 지극한 사랑을 필설로 다 할 수는 없다.

하지만 나는 기쁨이 되는 딸이 아니고 아버지께 애물이었다. 수필집 2집 『아버지의 치마』에 좀 자세히 썼다. 2007년 단행본 5집을 끝으로 거의 절필하고 지냈다. 작가회 동인지와 수필 문학의 특집 정도만 겨우 원고를 보냈다. 그런데 나이가 저물면서 뭔가 정리하고픈 생각이 들었다. 돌아보는 성찰, 방학 때 숙제해주시던 아버지, 곤충채집, 식물채집, 색깔 밀집 잘라서 베갯모 해주시고, 수수깡으로 여치집이며 안경 만들어 주시던 아버지, 그리고 딸이지만 팽이까지 깎아주셨던 아버지, 나는 그토록 지극하신 아버지께 효도는 고사하고 생전에 불효막심했던 죄를 가슴을 쓸어가며 사죄한다. 하지만 내 생애에 아주 소중한 면을 찾는다면 아버지의 지극한 정성과 거대한 사랑은 내 생애에 보석이라고 생각하며 신앙수필집 목록에 끼웠다. 아버지! 저의 불효막심했던 죄를 용서해주세요.

제3부

별나라로 가는 사다리

돌이킬 수 없는 자책

희미한 욕실 전등불 밑에서 분별이 안 되는 물체가 있어서 세탁물 찌꺼기인가 하고 맨손으로 집어서 휴지통에 넣으려고 무심히 집었더니, 세탁물 찌꺼기가 아니고 지렁이였다. 독성도 없고 순하디순한 지렁이를 보고 왜 이렇게 놀랐을까. 배로 기어 다니는 긴 짐승을 만나면 반사적으로 뱀을 연상하게 되는 것 같다. 독성이 있는 뱀이 아니라도 수족관에 있는 뱀장어도 그렇고 집에서 가끔씩 만나는 돈벌레나 노래기 또는 지네를 만나도 혐오스럽고 놀라게 된다. 나는 지렁이를 바닥에 동댕이치고 얼른 물을 부어서 하수구로 흘려보냈다.

며칠 뒤에, "아니 얘가 또 나왔네."하고 속으로 다른 곳으로 가든지 죽든지 할 것이지 왜 또 올라왔을까 싶어서 지난번보다 더 많은 양의 물을 부어서 하수구로 내려보냈다. '못 올라 올 거야.' 지가 무슨 수로 살아서 또 올라올까 싶었다. 한데 한 달쯤 후에 또 내 눈에 뜨이는 게 아닌가. "어머! 얘 좀 봐. 참 질기네." 하고 엄청난 양의 물을 퍼붓고도 성이 풀리지 않고 오히려 살기마저 생기는 게 아닌가.

"좋아. 날 계속 괴롭히겠다는 거지." 하면서 다시는 올라오지 못하도록 락스를 콸콸콸 하수구 구멍에다 쏟아부었다. 그 후에 지렁이는 몇 달이 지나도록 눈에 뜨이지 않았다. 틀림없이 죽었을 것이다. 통쾌했다. 그런데 가끔씩 나타나는 돈벌레가 벽으로, 천장으로, 방으로, 거실로, 주방으로 종횡무진 설치며 기어 다닌다. 우리 손녀딸은 바퀴벌레만큼 싫어한다. 눈을 가리며 징그럽다고 소리치며 쫓아 달라고 야단이다. 죽여 버리라고 한다. 하지만 내 답은 시큰둥하다.

뭐 어때서, 돈벌레는 익충이라고 하는데. 그리고 사람에게 해를 입히지도 않고 노래기처럼 악취도 안 풍기고 더러운 곳을 피해 다녀서 깨끗한 벌레이고 게다가 재수 있는 벌레라는데 왜 혐오 하는가 싶어서 쫓을 생각도 않고 때로는 천장에서 떨어지면 사람 위로도 기어 다니게 되는데도 피하면 피했지 죽이지는 않았다.

그랬더니 손녀딸 하는 말이 할머니는 그런 미신을 믿느냐 하며 할머니 신앙생활은 빵점이라는 것이다. 듣고 보니 좀 부끄럽기도 했다. 길흉화복을 하찮은 벌레에게 희망을 걸다니…, 이는 몇십만 분의 일에 해당하는 복권을 사고 행여나 바라는 거와 다를 게 없을성싶다. 그렇다면 얼마 전에 욕실에서 만났던 지렁이에게는 왜 그렇게 잔인했던가. 지렁이야말로 사람에게 도움을 주는 익충이 아니던가. 습한 음지에서 평생을 보내며 눈도 코도 없는 천형의 삶을 살아가면서도 산성흙을 먹고 배설물을 옥토로 바꿔주는 익충이라서 어떤 농가에서는 농약을 안

쓰고 지렁이 농사짓는 곳도 있다고 들었다.

앞뒤 생각 없이 살생을 자행했던 일이 몹시 후회스러웠다. 내 안에 그렇게 잔인성이 깔려 있음도 놀라웠다. 그냥 쓰레받기에 쓸어 담아서 풀밭에 버려주기만 했어도 되는 것을 왜 그렇게 억지로 하수구로 밀어 넣기를 반복하다가 마침내 독한 락스까지 부어 댔으니, 살생금지를 계율에 넣는 불자가 아니라도 크게 죄책감에 시달렸다.

앞을 못 보는 지렁이가 하수구 홈통을 빠져나왔던 필사의 고통을 그제야 겨우 자책하고 괴로워했다. 많은 양의 오수를 피해서, 수 없이 쓸어내려 떨어졌다 다시 기어오르기를 얼마나 수없이 반복 했을까 하다가 왜 내 눈에 띄었을까 하는 생각이 들었다. 하지만 이 또한 인정머리 없는 내 잘못을 합리화시키는 비굴한 변명이었다.

아니야, 아니야 잔인했어. 내가 약간의 인정미가 있었다면 내 손으로 구제해 줄 수도 있는데…. 지렁이가 구사일생으로 혼신의 힘을 쏟으면서 사람의 눈에 뜨이기를 열망했을지도 몰라. 이 하수구만 빠져나가면 구원의 손이 나를 집어서 풀밭에 던져 주기만 하면 나는 지금 하는 고생을 잊고 시원한 습지에서 몸을 적시고 살 거야. 내 양식은 무궁무진할 것이니, 먹고 자고 배설하면서 그땐 천국이야 하면서 필사의 탈출 끝에 사람 눈에 뜨였을 터인지도 모를 일이었다. 거기까지 생각이 미치는 순간 돌이킬 수 없는 자책이 아픔으로 다가왔다.

우리가 자랄 때 어른들은 뜨거운 물을 개천에 버리면 깜짝 놀라며 말리셨다. 빨래를 삶아서 빨랫돌에 그냥 쏟으면 뜨거운 물이 개천으로 들어가지 못하게 했고, 나물을 삶는 물도 뜨거울 때는 개천에 버리지 못하게 하셨다.

지렁이뿐만 아니라 개천 주변에 서식하는 장구벌레나 기타 크고 작은 생명을 죽이는 일이라며 말리셨는데, 나는 그때마다 오히려 말대꾸로 대신했다. 뜨거운 물을 부어서 개천 주변에 서식하는 세균 등이 죽어야 위생적이라는 얄팍한 지식으로 대꾸했다. 무자비한 대꾸였다. 돌이킬 수 없는 자책이다.

고통을 팔아서 자유를

우리 성당 후문 쪽에 사철 없이 앉아있는 걸인이 있다. 처음에는 후문 밖에 서 있더니, 어느 날부터는 문 안으로 들어와서 비탈에 서 있는 나무 아래 자리를 잡고 앉아있었다. 모자를 눌러써서 얼굴은 자세히 볼 수 없었다. 하지만 눈 밑에서부터 입 언저리를 모자 밑으로 볼 수 있는데, 수염은 길렀어도 나이는 젊어 보였다.

우리 성당에는 정문 쪽이든 후문 쪽이든 걸인이 자리하고 있는 걸 가끔씩 보는 일이 있다. 하지만 오래 있지는 않고 자리를 뜬다. 한데 이번에 이 사람은 해가 바뀌어도 자리를 고수하고 있었다. 나도 벌써 여러 해째 절박한 생활을 하느라고, 주머니 사정도 가볍지만, 그보다 마음이 더 야박해졌다. 하여 그 앞을 무심히 지나칠 때마다 마음은 편치 않았다. 근데 그는 아무리 거지라지만 사철 없이 주제꼴이 바뀌지 않았다. 삼복더위에도 겨울에 입던 덕석이 얇은 옷으로 바뀌지도 않거니와, 소매길이든 바지 길이든 걷어 올리는 일도 없이 여전히 방한모까지 쓰고 있었다.

또 여느 거지들처럼 손을 내밀어 적선을 호소하지도 않고 하다못해 동전을 받을 만한 통 하나 앞에 놓고 있는 것도 아니다. 그저 앉아있거나 어느 때는 교육관 문

쪽으로 가서 서성이는 것이 고작이다.

비 오는 어느 날, 그는 그 자리에 없었다. 순간 나는 가슴이 쥐어박힌 것처럼 쿵 내려앉았다. '어머, 그 사람 어디 갔을까?' 하고 반사적으로 그동안 내가 무심했음을 후회하고 비정해진 나 스스로 놀라기도 했다.

비가 와서 못 나왔을까. 그럼 비 오는 날엔 굶는 걸까. 거처는 어딜까, 거처라도 알 수 있다면 등등의 생각이 짧은 순간에 필름처럼 지나갔다. 그리고 혹시 하는 생각으로 밖으로 나가서 그를 찾았다. 비를 피할 만한 구석진 추녀 밑과 의지할 만한 주변을 살폈다. 그는 유치원 쪽 모퉁이에 앉아있었다. 반가웠다.

비를 함초롬히 맞으면서 어깨를 귓불까지 추키고 자라목처럼 움츠린 채 졸고 있었다. 난 가까이 가서, "이봐 여기서 이렇게 졸면 어떡해, 추녀 밑에라도 들어서 자." 하면서 헌금이고 뭐고 생각할 겨를도 없이 주머니를 홀랑 털어서 그에게 건넸다. 결국 적선을 한 것이 아니고 내 마음을 달랬던 것일까, 한결 마음이 가벼웠다.

그 후부터 미사 갈 때마다 그의 몫을 몇 푼씩 준비했다. 그리고 아주 더운 날에는 음료수병에 물을 얼려다 주든지, 감자나 고구마를 찔 때는 몇 알씩 싸들고 가는 등 관심이 가게 되었다. 말 없는 그도 어느덧 날 알아보고 웃을 때도 있게 되어 가까운 사람처럼 느껴졌다.

한데 날씨가 추워지면서 마음이 무거워졌다. 그는 지

난해 본당 신부님의 주선으로 꽃동네에 보내졌으나 곧 되돌아왔다.

"이봐 꽃동네 갔다가 봄 되면 또 와. 여기 있다가 얼어 죽으면 어쩌려구?"하면 여전히 아무 말 않고 씩 웃는다.

그는 밤에도 돌아갈 거처가 전혀 없는 걸까. 가끔 새벽 미사를 보고 나오면 어둠 속에서 웅숭그리고 섰을 때도 있다. "어머. 이 새벽에." 난 또 놀라며 빈손으로 온 것이 안타깝다. 두툼한 점퍼며 머플러를 갖다줘도 왠지 그는 입지를 않는다. 삼복더위에도 덕석을 벗어내지 않는 것을 보고는 그가 신병이 있어서 한기 때문에 덥게 입는 것으로 알았었는데, 추위에 옷을 줘도 입지 않는 것은 무슨 이유일까.

칼날처럼 모진 1월도 넘기고, 2월로 접어들었다. 뼈마디에 얼음 침을 꽂는 것처럼 고통스러운 인고의 겨울을 견디며 그는 어렵게 봄을 기다리고 있었다. 그런데 몇 주째 보이질 않았다. 처음엔 내가 새벽 미사를 보느라고 못 봤나 했다. 그다음엔 9시 미사에 가서 못 봤거니 하다가, 11시 미사에 가게 되었을 땐 몇 주를 못 봤으니 밀린 몫까지 합쳐서 좀 후히 준비해 갔으나 여전히 눈에 띄지 않았다.

무슨 일일까, 병이 났을까, 그럼 어디서 누워있을까, 그러다가 혼자 죽게 되면 어쩌지 하다가 아닐 거야. 신부님이 또 꽃동네라도 보내셨을 거야. 이런저런 생각을 했지만 그래도 확실한 걸 알고 싶었다. 혹시 꽃동네라도 갔으면 오죽 좋을까. 그런 생각을 하며 본당 사무실로 향했다.

여사원에게 물었다. "아가씨 교육관 앞에 있던 거지 안 보이네." 했더니, "그 사람 교도소에 갔어요." 한다. "어, 무슨 일로?" 의외의 대답에 놀랐다. 그동안 사람들의 입으로 전해 들은 말로도 전혀 사람에게 해코지하지 않는다고 들었는데 의외였다. 난 재차 물었다. "어쩌다가 교도소를?" 하며 못 들을 말을 들은 것처럼 가슴이 아릿했다. 여사원도 또렷이 말을 못 하고 어눌했다. 그리고 하는 말이, "그래도 여기 있는 것보다 더 낫잖아요."한다. 나도 얼른 그의 말에 동조했다. "그래 여기 있다가 얼어 죽기라도 하면 어째, 잘된 거야." 하는 말을 뱉어놓고 이어 깜짝 놀랐다. '내가 지금 무슨 말을 하고 있는 거야. 그래도 그는 그나마 자유라도 누리고 싶었던 것이었을 텐데.'하는 생각이 들었다.

무슨 사연이 있어서 그리되었는지는 모르겠지만 먹여주고, 입혀주고, 따뜻하게 재워주는 꽃동네서 그는 왜 나왔을까? 눈비 맞아가며 굶주림과 추위에 떨면서도 아무런 규제를 받지 않는 자유가 그리웠던 것일까?

꽃동네를 보내줘도 다시 오고, 성당 안에서 동사라도 하면 어쩌나 싶어 파출소와 상의해서 동사를 막으려고 강제로 수감되었다는 후문이 돌았다.

성수의 신비

한집에서 처녀 만신과 천주교 신자가 같이 산다면 어떨까? 마치 상류 코미디 소리 같은 이야기다. 그 주인공은 바로 나다 결혼 초에 친정살이 3년을 하고 첫애를 낳고 친정집 대문을 나서면서 고생문이 활짝 열렸다. 그때부터 셋방살이하는데 아기가 어릴 때는 별로 어렵지 않았는데 둘째 아기가 생기고도 별로 어렵지 않았다. 그런데 두 아이가 자라면서부터는 방을 보러 다니면 거쳐야 하는 관문이 있다. 집주인은 면접관처럼 집요하게 질문을 던진다. 난 마치 면접관 앞에 앉은 수험생처럼 바짝 긴장한다. 첫째, 식구가 몇이냐? 둘째, 아이가 몇 살이냐? 셋째, 여자냐 남자냐? 넷째, 남편 직업이 뭐냐 등등이다.

겉으로야 겸손한 태도로 고분고분 묻는 말에 대답을 잘하지만 내 쪽에서도 살피는 게 오밀조밀 많다. 그 집 구조를 살핀다. 첫째 우리 아이들이 수시로 드나들 때 자유롭게 출입할 수 있도록 문을 열어놓고 사는 집인가, 둘째 안채와 떨어져서 맘 놓고 아이들이 떠들어도 되는 구조인가, 셋째 주인집이나 다른 세입자 중에 우리 아이와 또래 아이가 있는지 등등으로 나도 주인 못지않게 여건을 눈여겨 살피는 것이다. 그게 어디 그렇게 쉽던가 겨우 기본적인 문제만 협상하면 그 나머지는 적응하며 지내기로 한다. 즉 시장이 멀다든지 언덕이라든지 교통이 불편하다든지 집이 허름해서 기준미달이라든지 등등은 열외다. 오직 아이들만 자유롭게 지내게 할 수만 있다면 그만이다. 그렇게 주객의 심사를 통과해서 얻은 집이 바로 처녀무당 집이었다. 물론 처음엔 만신 집이라는 것을, 전혀 몰랐었다. 약 40평쯤 되는 집인데 대문을 열면 ㄷ자 집이고 닫으면 ㅁ자 집이었다. 그 집에 세입자가 셋집을 살고 있었고 주인까지 네 집이 살고 있기 때문에 대문은 잘 때만 잠그고 또 바로 대문 앞에 구멍가게가 있어서 도둑맞을 염려는 없기 때문에 대문은 시골집처럼 밤 10시 이후에야 잠그는 것이 좋았다.(아이들 때문에) 그런데 집주인이 처녀 무당이었다. 점치는 것도 보게 되고, 굿하는 것도 보게 되는데 점치는 것보다는 굿하는 것을 보게 될 때는 가슴이 요란하게 뛰었다. 바로 이사 가려고 했지만, 보증금을 뺄 수가 없었다. 나는 속으로 적응 해야지 적응해야지 하면서 진정하려고 애쓰지만 그럴수록 거부감이 더 강하게 일어났다. 그렇게 내 안에서 일어나는 내분과 싸우다가 결국은 승패도 없이 기진하고 만다. 그런데 그때 살며시 가슴에 따뜻한 온기가 도는 것을 느꼈다. 그 만신이 불쌍한 생각이 들었다. 양친도 없는 처녀가 결혼도 못 한 채 원하지도 않는 신이 내려서 부끄러워하고 비관적이면서 가난 때문에 어쩔 수 없이 복채를 반기며 살아가는 그가 너무 측은해 보였다. 나는 성수를 뿌리고 조용히 고상 앞에 엎디어 "하느님께 자비를 구합니다."하고 간단한 기도를 올렸다. "주님 저 여자가 지금 무당 생활을 즐겨 하는 것이 아니고 가난 때문에 어쩔 수 없이 행하는 것 같습니다. 생계 수단이오니 그를 불쌍히 보시고 저희도 역시 집 없는 가난 때문에 함께 살고 있습니다. 주님께서 불쌍히 여기시고 자비를 베푸시옵소서."하며 간단한 기도를 올리고 마음을 정화시키도록 노력했다.

그렇게 몇 달이 지나고 문간방에 새로 이사 온 사람이 있었다. 그런데 이사 와서 1주일도 안 돼서 굿을 크게 벌였다. 물론 집주인 처녀 만신이 재수 굿이 아니고 병 굿이었다. 새로 이사 온 사람이 이사 오자마자 쓰러져서 출근을 못 하니까 시어머니가 다른 무당집에 가서 점을 봤더니 이사를 잘못 갔다며 굿을 해야 한다는 말을 듣고 굿판을 벌인 것이다. 정말로 무당은 영험했던 것일까 아니면 환자의 기분전환으로 병을 이긴 것일까? 다음날 벌떡 일어나서 출근했다. 그리고 2, 3일 후에 다시 남편이 쓰러져서 출근을 못 했다. 나도 덩달아 반사적으로 불안했다. 정말 귀신의 장난일까? 그럼 우리에게도? 하는 불안이 증폭됐고 우리 말고 세입자가 두 집이 있었는데 모두들 불안해했고 방이 쉽게 빠지지 않는 것을 안타까워했다. 그렇게 며칠을 수군거리던 어느 날, 저녁에 굿을 했던 세입자가 나보고 "혹시 성당에 다니냐?"고 물었다. 그러면서 믿기지 않아서 혹시 하면서 내심으로는 아닐 거라는 생각을 두고 물었다고 했다. 난 서슴없이 성당에 다닌다고 대답했다. 그녀는 적이 놀라는 표정이 역력했다. 그리고 이어서 그런데 어떻게…. 즉 성당에 다니는 사람이 무당집에서 세를 사느냐는 말을 서슴없이 했다. 주일이면 아침마다 두 아이에게 성당 가는 것을 재촉하는 말과 두 아이가 성당 다녀와서 신부님이 어쩌고, 수녀님이 어쩌고 하면서 성당에 다녀온 이야기를 하기에 안집 무당을 골려주려고 하는 장난인 줄 알았다는 것이다. 그러면서 여전히 믿을 수 없다는 표정이 역력했다.

자기도 결혼 전에 영세를 받았는데 곧바로 외인집으로 시집오면서 냉담하게 됐다고 한다. 이번엔 내 쪽에서 놀라는 표정으로 그녀에게 그럼 곧바로 남편을 위해서 성당에 가서 생미사를 드려야지 왜 굿을 했냐고 했다. 나도 신심이 약한 주제에 제법 아는 척을 했다. 그녀는 생미사가 뭐냐고 물어왔고 난 아는 것보다, 더 보태서 그녀에게 어쩌고저쩌고 설명했다. 그녀는 도통 못 알아들었다. 그럼 급한 대로 주모경이라도 드리지 그랬냐니까 주모경도 다 잊어버렸고 심지어는 성호 긋는 것조차 하얗게 잊고 있었다. 나도 더 이상 그녀에게 설명할 수가 없었다. 그래서 급한 대로 성수를 뿌리자고 했다. 성수는 또 뭐냐는 것이다. 난 간단하게 퇴마 작용을 하는 성스러운 물이라고 했더니 자기는 그것도 못 하니까 나보고 해달라는 것이다. 하지만 나는 안 해줬다. 어려운 일은 아니지만, 본인의 간절함과 성의가 있어야 할 것 같아서였다. 그녀에게 어렵게 생각하지 말라는 말과 이렇게 급할 때는 격식보다는 본인의 간절하고 진실한 마음이 중요하다는 말과 함께 첫째는 하느님께 사죄할 것과 용서를 구하고 살려주십사 애원하고 "앞으로는 절대로 하느님께 등을 돌리지 않을 것을 마음에 새기오니 저희를 살려 주옵사."라는 말을 하면서 성수를 뿌리라고 했다. 그냥 높으신 분 앞에 나가서 사죄하는 것처럼 쉬운 말로 해도 된다고 하면서 그녀의 손에 성수를 들려줬다. 그녀는 성수 병을 들고 자기 방으로 가서 약 5분? 정도 간단히 성수를 뿌리고 나왔다. 그리고 그때까지(여름 저녁시간으로 10시경) 저녁을 먹지 못했다고 하며 자기 방으로 갔다. 그리고 한참 후에 안마당으로 다시 나오더니 조금 놀라는 표정을 하며 목소리조차 낮추고는 내 귀에 대고 속삭였다.

"어머! 이상해요. 애기 아빠가 며칠째 밥을 못 먹어서 입맛을 찾아주려고 몇 가지 찌개를 번갈아 해봐도 전혀 못 먹으니까 나도 환자 앞에서 밥을 맘 놓고 먹을 수 없잖아요. 그래서 같이 저녁도 못 먹었는데 지금 내가 밥 먹으려고 했더니 남편이 '나도 밥 줘'하면서 밥상 앞으로 다가앉더니 오랜만에 밥그릇을 비우는 거예요."하면서 무척 신기하게 여겼다. 나는 의기양양해서 목소리도 낮게 깔고 그녀의 귀에 대고 "그것 봐, 성수로 마귀를 쫓고 하느님을 부르니까 하느님께서 아무개 엄마 회개를 기뻐하신 거야!" 하면서 힘주어 속삭였다. 그러면서 "내일 밝으면 성당에 가서 생미사 접수하고 앞으로는 성당에 빠지지 말고 잘 다녀, 알았지?"했더니 그녀도 고개를 힘 있게 끄덕였다. 귀신 따위가 감히? 하면서 서툰 대로 그녀를 설득했다.

다음날 이게 웬일? 그 집 남편은 거짓말처럼 일어났다. 아침을 일찍 해 먹고 남편은 큰 애를 업고 그녀는 작은 애를 업고 오히려 먼저 나보고 성당에 같이 가자고 재촉해왔다. 나도 뛸 듯이 기뻤다. 성당에 같이 가서 생미사 신청을 하고 돌아왔다. 그런데 또 한 가지 놀라운 일이 생겼다. 그 집에 사는 세입자들은 다들 보증금을 뽑지 못해서 이사를 못 가는데 미사 신청하고 와서 그날 저녁에 수돗가에서 그녀가 빨래하는데 (대문 앞에 수도가 있었고, 바로 대문 맞은편에 구멍가게가 있음) 어떤 사람이 가게에 들어가서 여기 혹시 방 있는 집 있느냐고 묻는 소리를 듣고는 빨래를 하다 말고 나가서 그 사람을 데리고 와서 방을 보여줬더니 곧바로 계약이 됐다. 그리고 성당 앞으로 이사했다. 너무도 오묘한 일이다. 내 입에서는 저절로 성령께서, 성령께서 하면서 계속 중얼거렸다. 돌아온 탕자를 반기던 아버지처럼 성령에서도 우매한 자가 냉담을 풀고 하느님을 영접하는 모습을 반기셨음을 믿으니 입에선 절로 감사와 찬미가 새어 나왔다. 성수의 영험함을 선명히 체험했다.

주님, 이 거룩한 성수로 마귀를 쫓으시고 저희와 이집을 거룩히 하옵소서.

도둑고양이를 변호한다

난 몇 년째 도둑고양이 두 마리를 방목 사육한다. 녀석들이 처음 내 눈에 띄었을 땐, 겨우 젖이나 떼었을까 싶은 어린 것들이었다. 남매가 아니면 형제자매가 될 법하다.

2년 전에 이 집으로 이사 온 며칠 뒤였다. 연일 수은주가 36.7도를 오르고 내려 불가마 같은 염천에 고양이 두 마리가 아사 직전에 있었다. 털은 부스스했고, 뼈만 앙상하도록 그야말로 피골이 상접해 있었다. 얼핏 몰골만 보아도 주인이 없음을 알 수 있으니 필시 도둑고양이가 틀림없었다.

고양이도 가축인데, 주인이 없고 떠돌게 되니 그 지경이었다. 어미는 어디를 가고, 어린 것들끼리 저토록 처참하게 떠돌고 있을까 싶었다. 하긴 어미가 있은들 별다른 도리가 없을 법도 하다. 삼복더위에 털 가진 짐승이 무슨 수로 새끼를 품어줄 것이며, 먹인들 어디서 구해다 먹일 것인가, 어미도 제 한 목숨 부지하기가 쉽지 않을 것이 아닌가. 저들의 먹이라야 고작 종량제 쓰레기봉투나 뜯어서 음식물 쓰레기나 뒤져 먹는 것이 고작인데 이토록 푹푹 찌는 더위에 다 썩은 쓰레기 속에서 골라 먹을 만한 것이 쉽지 않을 성싶다. 도둑고양이, 누가 저들에게 도둑이라는 멍덕을 씌운 것일까? 저들은 추호도 도둑질하지 않는다. 오히려 도둑질하는 짐승은 쥐들이다. 얄미운 쥐새끼들, 걸음걸이서부터 먹는 모습까지 밉살맞도록 방정맞아서, 털끝만큼도 정이 안 붙는 짐승이다. 게다가 조상 대대로 온전히 도둑질을 본업으로 삼고 살아가지만 아직까지 도둑 쥐라는 죄명이 붙지 않았음이 신기하다. 그뿐인가 오히려 사람들은 녀석들에게 서생원이라는 존칭까지 붙여 주고, 맹수의 왕이라는 사자도 끼어들지 못하는 십이지에도 넣어줬다. 그것도 제일 첫 자리에 앉혀놓는 아량이 어디서 유래한 것인지 모르겠다.

녀석들은 도둑질만 하는 게 아니다. 개천이고 뒷간이고 가릴 것 없이 싸다니며 온갖 세균을 묻혀다가 사람에게 병균을 전염시키지를 않나 그 더러운 손발로 찬장에서부터 곳간에까지 휘젓지 않는 곳이 없다. 또 아무 곳이나 눈치 볼 것도 없이, 깎아내고 굴을 파서 제멋대로 통로를 내고는 지엄한 대궐까지도 안하무인 격으로 무상출입하는 방자하기가 이를 데 없는 짐승이다. 그리고 그 욕심은 땅 두께 같아서 양껏 먹고도 남은 것을 훔쳐다가 굴속에 쌓아둔다. 또 식탐 말고는 심술은 어떠한가. 다락이며 옷장까지 기어들고, 닥치는 대로 쪼아서 옷가지를 못 쓰게 만들고, 거기다가, 똥 싸고 오줌 싸고 갖은 주접을 다 떨면서 사람을 괴롭히지 않는가.

그뿐인가 밤이면 천장까지 올라가서 반자 위에서 이리

뛰고 저리 뛰고 난동을 부리며, 사람의 고단한 잠까지 설치게 하는데도, 안면 방해죄 하나 씌우지 않고 쥐들에게는 후하기만 하니 무슨 특권일까? 이만한 논고라면 어떠한 변론으로도 저들을 구명하기가 어려울 터이지만, 세상은 온통 그들의 천국이다.

쥐들에 비하면 고양이는 어떠한가, 특히 도둑고양이 말이다. 그들은 추호도 사람에게 폐를 끼치지 않는다. 온 동네를 순회하며 경비를 서주고 쥐들을 쫓아준다. 그들이 사람 곁에 있다고는 하나, 사람 눈길이 닿지 않는 곳에 있다. 좁고, 음습하고, 어두운 곳에 겨우 몸을 숨기는 것이 고작이다. 그들은 죄인처럼, 그 작은 몸을 움츠리고 인기척에 놀라며 단잠을 못 잔다.

늘 겁먹은 곁눈질로 사람 앞을 흘금거리며 지나친다. 또 호구지책은 어떠한가. 일년내내 쓰레기나 뒤져서 먹는 데 삼복중에는 썩을 대로 썩어서 이미 음식물이 아니다. 그리고 겨울에는 돌덩이처럼 얼어서 그나마 여린 이빨로는 먹기 힘드니 허기를 면하기 어려워 늘 걸구처럼 살아간다. 그들은 추호도 도둑질한 적이 없는데도, 도둑고양이라는 주홍글씨를 큰 칼처럼 목에 걸고 산다.

난 도둑고양이의 결백을 변호하고 그들의 무죄를 주장한다. 그들은 억울해서 늘 사람을 저주하고 믿지 않는다. 때로는 비어있는 밥그릇 옆에 무심히 지날 때, 난 반가워서 "나비야~"하며 부드럽게 몇 번씩 불러도 그는 내

프러포즈를 외면한 채 그냥 도망친다.

"칫, 난 안 속아, 당신들 사람, 먹이 좀 주고 덫을 놓는다는 거 우린 다 알아." 하는 것처럼 비웃는 것 같아서 서운할 때도 있다. 그들은 춥고 허기진 고통과 외로움을 견디며 천형 같은 누명을 쓰고 사는 것이 못내 안쓰럽다. 난 어느 날부터 방목으로 사육하고 싶어서 밥을 주기 시작했다.

저들이 지나는 으슥한 길목에 밥그릇을 놓아줬다. 그런데 그것도 쉽지 않았다. 밥그릇 주변에 서식하는 개미떼가 까맣게 우글거렸다. 녀석은 코에 입에 달라붙었을 터이니 얼마나 괴로웠을까 싶어서, 약간 큰 그릇에 물을 붓고 고양이 밥그릇을 띄운다. 그렇게 하면 개미들이 물을 건너지 못하니까 안심이다 싶었는데 이번엔 또 동네 개들이 얌체 짓을 했다. 산책 나온 개들이 용변을 보고는 고양이 밥을 홀딱 먹어 치우는 것이다. 하는 수 없어서 밤에 고양이 밥을 놓아준다. 여름에는 냉장고에 뒀다 준다. 그리고 겨울에는 마른 멸치나 사료를 사다놓고 준다.

애완용이 따로 있는가, 내가 사랑하면 애완용이다. 죄 많은 쥐들은 천복을 누리는데, 착하고 불쌍한 고양이는 천형의 명덕을 쓰고 끝없는 고행이라니!

별나라로 가는 사다리

약도를 들고 찾아간 곳은 수유리에 있는 갈멜 수녀원이다. 말로만 듣던 폐쇄 수녀원 성(聖)과 속(俗)의 벽이 놓인 성역이다. 엄격한 규범이야 모든 수녀원이 다 같겠지만, 갈멜 수녀원은 평생동안 원내를 벗어나지 않는다는 철칙을 지켜야 하는 곳이라고 들었다. 외출은 국민투표 하는 날 뿐이며, 온전히 자기를 바쳐서 남을 위한 기도로 대속하며 영성 생활을 하는 곳이라고 한다.

큰 출입문은 잠겨 있고 옆에 작은 문은 약간 열려 있어서, 살며시 밀고 들어섰다. 문고리를 잡을 때 약간 긴장되던 마음이 금세 평온해졌다. 꽤나 넓어 보였다. 단층 건물들이 가녘으로 저만치서 있고 가까이 자그마한 성당과 마주 보이는 건물에 접견실이 있었다. 큰 나무들은 가에 심어 있고, 넓은 마당엔 오밀조밀 꾸며진 꽃밭 사이로 조붓하고 구불구불한 길이 나 있었다.

아무도 눈에 띄지 않았고 간간이 들리는 새소리만 적요한 침묵이 흐르는데, 그 침묵은 공허하지 않았다. 너무도 조용해서 햇빛 쏟아지는 소리도 들릴 듯했다. 한낮의 햇살을 함초롬히 받고 서 있는 꽃들은 저마다의 빛을 발산하여 경내는 온통 시와 잠언으로 일렁였다.

대기실에서 잠시 기다리고 있으려니까 안내원이 왔다.

상담 수녀님과 마주 앉았는데, 갑자기 식도가 유착된 듯 침이 마르고 가슴이 꽉 막혀왔다. 띄엄띄엄 청원을 겨우 말했다. 수녀님은 내 눈물의 깊이와 의중을 읽었음인지 무척 안쓰러워하는 표정이었다. 수녀님은 나를 잠시 기다리게 하고 내당으로 갔다가 나오면서 예쁜 상자와 묵주를 가지고 나왔다. 상자 속에는 성작을 찍고 남은 부스러기를 모아서 만든 과자가 들어 있었다. 그리고 묵주는 꽤나 눈부신 모조 진주였는데, 교황패가 부착되어 있었다. 교황님께서 103위 성인 시성식 때 갈멜 수녀원에 몸소 방문하셨고, 그때 교황님으로부터 직접 받은 성물이라고 하며 내게 선뜻 내주었다.

그렇게 의미가 깊고 값진 성물을 받았지만 나는 집에 돌아와서 기도 생활을 하지 않았다. 입교한 지 수십 년이 되었어도 심신이 깊지 않은데다가, 늘 이런저런 시련이 닥칠 때마다 좌절해왔다.

온갖 고통은 순번을 기다리는 것처럼 찾아왔다. 도무지 내 의지와는 상관없이 사는 것이 한탄스럽기만 하고 좀처럼 기도할만한 마음이 모아지 지 않았다. 탄식과 항의가 하늘에 사무쳤고 하느님께 야속한 생각만 가득했다. 내가 무엇을 그토록 잘못했다는 것인가, 하느님은 누구에게나 공정하다지만 오히려 인간을 편애한다고 생각됐다. 나의 신앙생활은 겨우 의식이나 행하는 것이 전부였다. 주일미사 때는 몸만 가서 건성으로 앉아있었다. 생각과 마음을 다하지 않으니 경건한 영성이 깃들 리 없었다.

운명의 바다를 항해하기엔 무력한 사공이었다. 정신적 방황이 이어졌고, 내 생활은 표류하는 난파선처럼 그저 폭풍에 실려 떠내려가는 듯했다.

지난날 한때는 굳은 신념으로 온몸을 던져 영성생활을 했던 일들까지 깊은 회의 속으로 잠식해 갔다. 그렇게 몸부림치며 뒤채기는 동안 불행은 가파른 준령을 숨 가쁘게 넘고 있었다.

큰아들이 숨졌다. 죽음! 어떤 슬픔, 어떤 고통이 자식의 죽음에 추를 놓을 수 있을까. 그러고 보니 내가 지금까지 앙탈을 부렸던 불만은 엄살에 불과했다. 세상은 텅 빈 공허뿐이었다. 하늘도 땅도 없이 그저 공허한 무(無) 속에, 난 무중력 상태로 떠다니는 먼지 같았다.

내 모든 불행을 같이 지고 왔던 내 아들은 허약한 사공의 배를 탔던 승객이었음을 통곡하면서, 고꾸라지던 내 영혼과 육체!

아래윗니가 흔들리고, 식도가 유착되어 음식을 넘길 수 없고, 발바닥까지 욱신거려 디딜 수가 없었다. 세수는 물론이고 머리를 한 달여 만에 감았는데 대야에 거뭇거뭇한 것이 떠 있었다. 모두 머릿니였다.

그 애는 내 모든 것을 걷어가면서, 놓고 가는 것도 많았다. 내게 기쁨이라든지, 행복이라든지, 희망이라는 옷은 입을 수 없게 되었고 이제까지 아우성치며 살았던 많은 날들이 모두 부질없고 허망하기만 했다.

죽음은 말없이 돌아서면서 왜 이렇게 많은 질문을 던지며 설법을 하려 드는 것일까.

나는 자식의 나이만 세면서 그의 무력함을 나태하게 여겼고 타고난 재주마저 인정하지 않았으니 그의 외로움이나 고뇌가 오죽이나 깊었을까, 좀 더 깊은 애정으로 감싸주지 못했던 자책이 가슴을 저며낼 듯이 아파 왔다. 어찌할꼬! 돌이킬 수 없는 회한의 탄식이 내 영혼을 혼절시켰다.

이제라도 아들의 영혼을 위로할 길은 없을까! 옳지, 우리 아들이 천당으로 가는 사다리를 놓자, 하면서 갈멜 수녀원에서 받은 묵주를 손에 쥐고 힘을 얻었다.

이 묵주는 멀고도 먼 먼 지구 저편의 바티칸 교황청에서 요한 바오로 2세 교황님의 손에 들려서, 우리나라의 103위 순교자 성인 시성식 때 한국에 들어온 성물이다. 다시 깊고도 깊은 갈멜 수녀원의 원장 수녀님 손에 들렸다가 내 손에 들어왔다. 이제 내 손에서는 아득히 멀고도 먼 하늘을 향해서 별나라의 은하수를 건너서 천상 낙원으로 가는 여정에 튼튼한 사다리가 될 것이다.

내 아들의 영혼을 위해서 기도를 시작한 지 20년, 지금까지 하루도 거르지 않고 하느님께 탄원을 올린다.

"착하고 정직해서 더 슬펐던 제 아들에게 자비를 베푸소서. 천상 낙원에서 주님의 빛나는 얼굴을 가까이 뵈옵고 하늘의 모든 성인 성녀와 함께 천사의 무리 속에서 평화의 안식을 누리며 기뻐 용약하며 살게 하시고, 그의 어깨에 천사의 날개를 달아주시어 주님의 사신으로 살게 해주소서. 영원한 빛을 제 아들 영혼에게 비추어 주소서."하는 염원을 단의 신비마다 넣는다.

교회법이라든지 기도법이라든지 등등의 규범은 모르지만, 꼭 그렇게 하고 싶다. 하느님께서 보실 때 내가 혹시 떼를 쓰는 것처럼도 보이시더라도 몽매한 어미의 간곡함을 측은히 여기셔서 꼭 들어 허락하시리라고 믿는다. 하느님은 내 기도에 약해지시고 나는 기도로 강해지기 때문이다.

징크스

징크스는 사람이나 물건이나 어떤 상황에서 불길한 징조나 조짐 또는 예감을 알리는 예측과 귀결된다고 믿는 사람이 많다. 실제로 어떤 야구 경기장에서 경기 도중에 자기 팀을 지지하는 응원석에서 "걸어서 하늘까지"라는 노래를 응원가로 불렀다고 한다. 그때 선수들은 힘이 쑥 빠지더라는 것이다. 왜냐하면 사력을 다해서 뛰고, 날아도 하늘까지 가기가 어려운데 걸어서 언제 하늘까지 갈 수 있단 말인가? 하는 생각을 하게 됐다고 한다. 선수들은 내심으로 이 게임은 틀렸다는 생각이 들었고, 예상대로 완패했다는 이야기를 토크쇼를 통해서 들은 적이 있다. 그래서 선수들은 시합을 가까이 앞두고는 이발도 안 하고, 손톱, 발톱도 깎지 않는다고 한다.

꼭 그렇게 된다는 점괘를 믿는 것은 아니겠지만, 대개의 사람들은 그렇게 믿고 있는 것 같다. 맞선을 보러 가려는데 하이힐 뒤축 굽이 부러지더니 성사를 이루지 못했다는 일이며, 아기가 유난히 울더니 그날 밤에 큰 도둑이 들었다는 일이며, 결혼식 날에 거울이나 그릇이 깨지면 이혼을 하게 된다는 설도 있고, 실제로 많은 사람들이 겪었던 예는 나열할 수 없이 많다.

내가 겪었던 징크스를 되돌아본다.

원래 우리 친정은 천주교를 신봉하는 집안이다. 그런데 결혼식을 하려니까 배우자가 비신자여서 정식 혼배가 안됐고(지금은 되지만), 관면혼배를 했다. 관면혼배란, 배우자 중에 한쪽이 현재는 교회에 나가지 않지만, 앞으로는 교회에 나갈 것이고, 배우자의 신앙생활을 말리지 않겠으니 혼사를 허락해 달라는 성사다. 관면혼배를 받으러 갈 때는 혼배성사와 같이 신랑이 혼배 반지도 준비해야 한다. 이때 집전 신부님은 성혼문을 낭독하시는데 성혼문 내용은 거의 같다. 신부와 신랑에게 질문하는 구절에서 "신랑 아무개는 신부 아무개를…. 평생 사랑하고, 공경하겠습니까?"하는 물음을 받아서 신랑이 복창하는데 그는 "나 아무개는 신부 아무개를 사랑하고, 공격하겠습니다."하는 것이었다.

난 깜짝 놀랐다. 저 사람이 성당을 처음 들어와 보고 긴장했나? 그래서 공경한다는 단어를 공격한다고 발음이 헛나왔거니 하고 이해를 하자고 들면 가벼울 터이지만, 난 그때 왜 그렇게 충격이 컸을까. 우선 집전신부님이 들으셨으면 부끄러워서 어쩌나 하는 걱정이고, 뭔지 허물어지는 느낌이 들었다. 성스러운 전례에 저런 실수를 하다니 싶고, 그때부터 나는 알 수 없는 긴장감으로 옥죄어오고, 심장이 마구 뛰기 시작했다. 신부님께서 내게 물으실 때는 나도 내 음성이 내 귀에 들리지 않을 만큼 떨려왔다. 혼배가 끝나고 사제관 문을 나설 때 기쁘지 않고, 오히려 형언할 수 없는 두려움으로 가슴이 무섭게 떨려왔다.

그리고 며칠 뒤에 우리는 일반 예식장에서 결혼식을 올렸다. 당시엔 결혼식 때 축사도 있고, 축가도 빼놓지 않는 순서였다. 그런데 축가를 부르겠다는 신랑 측 친구가 발성이 꽤나 좋은 편이었는데 그는 자기 성량을 과시하려 했음인지 피아노 반주까지 거부하면서 부른 축가 곡명은 이은상 작사의 「내 고향 남쪽바다」 였다. 다 알다시피 끝 소절에는 "돌아갈까 돌아가."로 되어 있는 가사가 아닌가. 그 당시에 결혼식 축가로는 대개가 '즐거운 나의 집'이 고정 레퍼토리로 되어 있던 때이다. 그런데 엉뚱한 곡명을 스스로 정하더니 피아노 반주까지 거부한 채 한참 뽐내고 불렀지만, 내빈석에서 특히 친정 측과 몇몇 친구들이 수군댔다고 했다. 왜 하필이면 결혼식 날 돌아간다는 노래를 하는 게 뭐야 하면서 기분들이 몹시 언짢아했다고 들었다. 이 두 가지 사건이 앞날의 불행을 예고나 했음이던가? 우리는 결혼생활이 극도로 불행했다. 그의 준수하고, 미남형의 외모로 결혼식 날 하객들에게 많은 눈길을 끌었다. 또 우수한 학업성적까지 누구에게나 호감을 살 만한 사람이었다.

그런데 내면은 전혀 다른 사람이 또 있었다. 성격이나 행동이 항상 나를 놀라게 했다. 인격을 전혀 갖추지 못한 사람이 수려한 외모와 우수한 두뇌에만 자부심이 지나치게 강했다. 늘 불평이었고, 사나웠다. 매사에 권태를 느끼고, 시도 때도 없이 생트집으로 일관하는데 그 트집 속에는 사소한 일도 크게 확대하여 소란을 피우고도 모자라면 음해를 잡는 일도 있다. 예를 들면 우리가 지나가는데 마주 오던 남자가 왜 고개를 돌려서까지 쳐다보고 갔느냐고 하면 뭐라고 대답해야 할까. 나는 이럴 때 현명한 대답으로 응수할 만한 지혜가 없을 뿐만 아니라, 유들거리지도 못하고, 인내심도 없는 사람이다. 그저 심장이 터질 것 같고, 살이 떨리기만 했다. 그렇게 20년을 함께 하고, 끝내는 불과 바람이 각자 개인으로 돌아갔다. 관면혼배 때 공격하겠다던 헛소리대로 20년을 두고 그는 내내 나를 공격했고, 결혼식 때 불러주던 축가처럼 나는 결국 친정으로 돌아갔다.

징크스 뒤에 따라온 운명이었을까?

먹어도 먹어도 없어지지 않는 빵

구약성경에서 욥기를 보면, 욥이 자기 생일을 저주하는 대목이 나온다. 자기 생일은 한해의 달수에도 끼이지 말고, 달수의 계수에도 끼이지 말라고 한다. 그리고 어찌하여 이미 낙태되어 묻혀버린 핏덩이가 되지 못하였더냐며 탄식하였으니 그의 괴로움을 가히 짐작이 간다.

내가 욥의 탄식을 대입한다면 신세타령을 과장해서 엄살 부리는 것 같겠지만, 몇 해째 생일을 기억하지 않고 지낸다. 어리석은 천성 탓으로 아무나 믿는 습관 때문에 불행한 일을 반복해서 불러들이는 짓 말고도 우선 자식들을 제대로 키워내지 못한 자괴감이 크다. 게다가 며느리마저 떠났다. 그리고 어미 잃은 손녀를 받아 안았다

겨우 두 돌! 처음엔 아기보다 할미가 더 많이 울었다. 저 혼자 잘 놀고 있는 것을 보고 있어도 눈물이 나오고, 자는 것을 내려다봐도 눈물이 나온다. 아기를 업고도 울고, 안고도 울고, 일하면서도 울고 자다가 벌떡 일어나 앉아서도 그냥 눈물이 줄줄줄 흘렀다.

"요렇게 이쁜 것이, 그냥 한없이 이쁘기만 한 요것이 정녕 어미가 없단 말인가!"

믿을 수가 없다. 믿고 싶지도 않다. 그저 며칠 친정 갔다가 올 거다. 이렇게 부인하면서 머리를 썰썰 흔들며

현실을 부인했다. 어린 것은 어미를 잃고 말은 안 해도 잔득 겁먹은 눈치다. 할미 무릎에서 잠시도 내려앉지 않으려 한다. 싱크대에서 설거지할 때도 할미 치맛자락을 움켜쥐고 있으니 거치적거리고, 화장실에 가면 숫제 할미 무릎에 올라앉아서 목을 끌어안고 있다.

밤에는 모기장을 치고 자는데 무척 재미있어했다.

낮에도 걷지 못하게 한다. 그리고 할미를 모기장 속에 앉혀놓고 누우라고도 하고 앉으라고도 한다. 그러면서 머리를 빗겨주는데 파마머리를 빗으로 이리저리 엉켜놓으면 꺼들려 여간 아픈 게 아니다.

또 크림을 범벅이 되도록 문질러 놓으면 목에까지 흘러내리니 모기장 속에 갇혀서 덥기는 이만저만이 아니다. 그리고 립스틱이니 뭐니 몽땅 갖다가 화상을 그려 놓으니 내 꼴은 광대처럼 말이 아니어도 어린 것이 하는 대로 순한 양처럼 그냥 견뎌야 했다. 너무 더울 때 커다란 고무통에 물을 받아서 그 안에 들어 앉히면 거기까지 할미를 들어오라는 것이다.

어쩌랴, 난 그냥 옷을 다 입은 채 통속에 같이 들어가서 앉아야 했다. 온갖 것을 다 해주고 정성을 들여도 어미 잃은 가슴을 채워 줄 수가 없었다. 아기는 한없이 애정의 갈증을 느끼는 듯했다. 업어줄 때는 할미 등에 볼을 대고 양손은 어느새 겨드랑이 밑으로 디밀고 찌찌를 더듬는다. 그리고 한참씩 놀다가 쫓아와서 몇 번씩 빨고 간다. 특히 재우려면 더 강렬히 빨아댄다. 어떨 땐 할미가 아파서 울고, 아기가 가여워서 운다. 그러기를 2, 3년 후 어느새 유치원에 들어가더니 철이 좀 드는 걸까? 할머니 생일을 묻기 시작했다. 그때마다 할미는 생일이 없다고 했다. 그렇게 여러 번 실랑이하다가 어렴풋이 비슷한 날짜를 제 맘대로 정했던 것일까?

어느 날 서울에서 글짓기 수업을 마치고 밤늦게 귀가를 했다. 현관에 들어서려니까 문 앞에 서 있던 녀석이 할미를 잠시 그 자리에 세워 놓고는 제가 먼저 방에 들어갔다가 되 나와서 내 손을 붙들고 방으로 들어간다.

그리고는 "짜 자 자 - ㄴ" 한다. 방에는 휘황찬란한 오색등이 번쩍번쩍했다. 크리스마스트리에 쓰이는 전구에 스위치를 꽂았다. 크리스마스트리용이어서 캐럴이 같이 나왔다. 멜로디와 함께 손톱만 씩 한 오색 전구 수십 개에서 번쩍거리니 휘황찬란했다. 이 전구를 처박아 둔 지도 수년째 되어 잊은 지 오래였다. 어린 것이 빈집에 혼자 있을 때 이 구석 저 구석을 열어보고 찾아낸 것이다.

그리고 크레파스로 "할머니 생일 축하해요, 할머니 사랑해요"라는 글씨를 색색이 알록달록하게 써 놓았다. 유치원에서 배운 솜씨를 한껏 그려 놓았다.

난 현기증이 나도록 감격했다. 목젖이 뻐근했다. 난 한껏 허풍을 떨면서 기뻐했다. 녀석은 또 시녀처럼 두 손에 얌전히 쟁반을 들고 왔다. 쟁반 위에 놓여 있는 접시에는 공작용 고무찰흙으로 빵을 만들었다. 넓적하게 개떡을 빚어서 위에는 줄을 쓱쓱 그어놓고 가운데는 주황색 고무찰흙으로 녹두알만큼씩 뜯어서 소복이 얹어 놨다. 그럴듯했다. 빵 접시를 할미 앞에 내려놓으면서 "할머니, 이 빵은 먹어도 먹어도 아무리 먹어도 절대로 없어지지 않는 빵이에요. 그리구요, 이 세상엔 하나밖에 없는 빵이에요. 맛이 있어요." 하면서 먹으라고 한다. 할미는 "냠! 냠냠!"하면서 맛있게 먹어줬다. 녀석은 손뼉을 짝짝짝 치면서 즐거워했다.

난 이 눈물겨운 감격의 생일상을 잊을 수가 없다. 이제는 내가 손녀를 키우는 것이 아니고, 손녀가 나를 젊어지게 한다. 녀석은 지금 고등학생이다. 지금은 도리어 할미가 응석을 부린다.

아직도 그곳에는

농촌 생활을 해보기는 6·25 때 당진으로 피난 가서 몇 달 살았던 것 외에는 없다. 그리고 농촌에 친인척도 없으니 찾아갈 곳도 없어서 늘 호기심과 동경으로 그리운 곳이다. 그런데 수년 전에 우리 집 아래층에 사는 세입자의 친정이 정읍인데 언니네 집이 한 채 비어있다고 하여 일 년만 빌려 달라고 했더니 쾌히 승낙해서 나 혼자 내려가서 살다가 왔다. 난 일년 동안 살았던 그때를 잊지 못한다.

마치 농촌 출신이 고향을 등지고 도시로 나와서 향수를 그리는 심정처럼 가끔씩 다시 가보고 싶을 때도 있고, 아련한 추억에 사로잡힐 때가 많다.

장을 한 번씩 보자면 하루에 3번씩 다닌다는 버스를 타려고 자갈길을 십 리쯤 걸어 나가야 했다. 정류장에서 얼마쯤 기다리면 흙먼지를 일으키며 산모퉁이를 돌아서 버스가 나타나는데 여간 반가운 게 아니다. 비포장도로를 덜렁거리며 흔들흔들 굴러가는데 과속이니 뭐니 하며 바쁠 게 없다. 가다가 길에서 누가 손만 들면 아무 곳에서나 세워주고 손님을 싣고 가는 기사의 인심도 넉넉해서 좋다. 그곳엔 원칙이니 법규니 모두 무시해도 탈이 없는 것도 매력이다.

끝 간 데 없이 이어지는 논밭이 봄, 여름에는 융단처럼 푸른 물결이 일렁이고, 가을에는 벼 이삭이 건들건들 일렁이던 황금들이며, 겨울에는 군데군데 노가리를 쌓아 둔 빈 논바닥이 황량하다가도 폭설이 한번 내리면 추위에 으등거렸던 논바닥이며 산에는 잎도 털어낸 앙상한 나뭇가지와 마을 둘레를 싸고 있는 높고 낮은 산아까지 솜이불 같은 흰 눈으로 포근히 덮어 주변 설경에 도취되어 나는 아이처럼 뛰어나가 뒹굴고 싶은 충동을 느낀다.

하지만 아무리 경치가 빼어나고 전원의 향기가 그윽해도 그보다는 이웃들의 포근한 인심을 잊을 수가 없다. 총 13가구가 오래오래 모여 사는 작은 마을인데 낯선 차가 한때 나타나도 뉘 집 손님인지 얼른 알 수 있고, 동네 개들도 한 마리가 나와서 짖으면 덩달아서 다른 집 개들까지 모두 합창으로 짖어댄다. 그리고 누구네 집에 죽을 쑤었는지, 밥을 했는지, 떡을 했는지 다 알 수 있다. 어느 날 이웃에서 팥죽을 쒔다고 하며 나를 불러갔다. 방은 3평도 채 안 될 좁은 방인데 동네 사람은 약 20여 명이 와서 한참 먹고 있었다. 아무리 봐도 비집고 들어가서 앉을 자리가 없어 보이는데, 먼저 와서 먹고 있던 사람들이 어서 오라며 들어오라는 것이다. 편히 앉은 사람은 아무도 없고, 대개는 무릎을 세워서 쪼그리고 앉거나, 옆 사람의 무릎과 무릎이 포개 앉은 이도 있고, 또는 죽 그릇을 들고 다른 사람 등 뒤에서 먹는 이도 있었다. 그래도 모두 즐거운 표정들이다. 대개는 한 집에서 혼자 온 사람은 거의 없고 다른 식구까지 같이 와서 먹는가 하면 간혹 혼자 와서 먹는 이가 있어도 갈 때는 집에 남은 식구 몫을 챙겨 가는 것이다. 연탄불로 겨우 찬기만 가신 방이지만 여럿이 붙어 앉아서 더운 죽을 양껏 먹고, 붉어진 얼굴에 땀을 씻으며 일어선다. 이렇게 온 동네가 팥죽으로 잔치를 한바탕 벌인 그 집은 아들과 어머니가 모자만 사는 집이다. 가까스로 끼어 앉아서 죽을 다 먹고 나오는데 앞마당에 만들어 놓은 아궁이엔 타다 남은 밑불이 아직 남아 있고, 커다란 솥단지엔 물을 부어놓았으니, 좀 전에 저 큰 솥으로 죽 한솥을 쒀서 한순간에 다 먹어 치웠음을 알 수가 있었다. 아니, 저 큰 솥으로 저 많은 죽을 쑤자면 재료는 얼마나 들었을지, 또는 그 많은 팥을 삶아서 앙금을 걸러내는 일이며, 밑에선 불을 때고, 솥에선 저어가면서 어떻게 혼자 저 큰일을 해냈을까. 그런데 주인은 시종일관 웃고, 떠들고 조금도 힘든 내색하지 않는다.

이웃이 모두 한집 식구 같아서 어떤 이는 수저를 놓고, 어떤 이는 그릇을 챙기고, 어떤 이는 솥에서 연신 퍼 놓으면 주섬주섬 방으로 나르는 사람이 있고, 어떤 이는 김치를 꺼내서 도마에 놓고 썩썩 썰어서 수북수북 담고, 한 상에도 몇 그릇씩 놓기도 한다. 조금 젊은이는 방에 들어올 생각도 않고 부엌에서 그냥 쭈그리고 먹으면서 방에서 주문하는 일을 손쉽게 심부름한다.

“자네도 들어와서 언능 먹제.” 하면 “아아땀시 못 들어 강게 기양 여그가 펜헝게 놨두시고 기양 잡숫기나 하시쇼잉.” 그러면서 그 집 며느리처럼 부엌에서 죽을 떠먹고 있었다. 아무도 남의 집이라고 생각하는 이가 없는 듯했다.

생일 집에서도 이웃 사람들을 청하는데, 대개의 노인들은 먼저 잡숫고 집으로 가시지를 않고 물러앉았다가 다른 사람의 상이 새로 들어오면 상을 받은 사람이 “같이 드시지라잉.” 하면 그 상에 가서 또 수저를 든다. 이렇게 아침에 초대됐어도 그 집에서 온종일 음식을 계속 먹는다. 그래도 주인은 조금도 불편해하거나 이렇다 저렇다 흉으로 치지도 않는다. 누구네 잔치가 있으면 농사일이 아무리 바빠도 접어두고 그 집으로 몰려가서 잔치일을 먼저 돕는다. 개인도 크게 비밀이 있을 수 없고, 근심이나 기쁨이나 크고 작은 일을 온 동네가 다 남의 일로 등한시하는 예가 거의 없다.

농사일도 급한 집부터 달려가서 해주는 등 동네 친목이 너무나도 돈독해서 인간미 물씬 풍기는 살맛 나는 마을이다. 내가 잠시 있다가 떠나오는데도 집집마다 콩이며, 찹쌀이며, 고춧가루, 참깨, 고구마 등등 조막조막 꾸려다가 이삿짐에 얹어주고, 새벽 4시에 차가 왔는데 온 동네 13 가옥이 모두 불을 켜고 나와서 짐을 실어 주는 등 그 친절을 잊을 수가 없다. 특히 이삿짐을 다 포장해 놓으면 전날 저녁이며 가는 날 조반을 매식할 곳도 없는데 짐을 풀어서 밥을 해 먹고 이부자리를 다시 싸는 일이 불편할 것을 알고는 몇몇 집에서는 서로 자기네 집에 와서 자고 조석도 해주마고 하면서 몇 사람이 서로 데려가려고 하던 일을 잊을 수가 없다.

시골 사람들이 도시에 나와서 성공을 하고 잘 사는데도 늘고향을 잊지 못하는 정서를 알만하다.

위험한 관계

우리가 피난 생활을 끝내고 인천 집으로 돌아온 것은 1951년 봄이었다.

그때 우리 집은 비어있지를 않고 낯선 피난민이 먼저 들어가서 살고 있었다. 그때는 피난민들이 빈집이 있으면 아무나 들어가서 사는 예가 흔히 있었다.

오빠는 분가해서 살다가 피난도 처가댁으로 따로 갔었다. 우리 집에 들어있는 사람은 오빠와 피난지에서 알고 지내다가 같이 상경했다고 한다. 집은 서울인데 아직 들어갈 수 없는 실정이며, 몰래 도강해서 다녀왔는데 집이 폭격에 없어졌다고 했다.

우리도 옛집에 돌아왔지만, 곳곳에 낭자한 전화의 흔적과 가까이 들리는 전방에서의 포성으로 불안하기만 했다.

환가한 며칠 뒷날 엷은 봄볕이 서창으로 아른거리는 저녁나절의 빈집은 적요하였다.

나는 이것저것 낯익은 물건들을 뒤적이면서, 심드렁하게 콧노래를 흥얼거리는데, 누군지 내가 부르는 콧노래의 음정에 맞추어 가사를 넣어서 따라 부르는 소리가 들렸다.

사랑하는 나의 고향을 한번 떠나온 후에.
날이 가고 달이 갈수록, 내 맘속에 사무쳐.

자나 깨나 너의 생각, 잊을 수가 없구나.
나 언제나 사랑하는, 내 고향에 다시 갈까.
아- 내 고향 그리워라.

나는 멈칫했다. 아니, 집에는 지금 아무도 없는 줄 알았는데, 저 목소리는 누구인가? 더구나 남자 목소리가 아닌가. 나는 짐짓 놀라고 무안했지만 약간 새침해지면서 뾰로통했다. 저 짓궂은 목소리는 누구야, 남의 노래를 엿들었으면 그냥 듣고 있을 것이지 따라 불러서 남의 기분을 상하게 한담.

그렇지만 상한 기분은 잠시이고, 보다 궁금함과 호기심이 더했다. 우리 집이지만, 우리보다 먼저 들어와 살고 있었으니 낯설기로는 오히려 내가 더 했다.

저 아랫방에 저렇게 멋진 청년이 들어 있단 말인가? 아직은 한 번도 못 본 그 목소리의 주인공이 몇 살일까? 어떻게 생겼을까? 요모조모 궁금했다. 나는 그때 열여섯 살이었고, 그는 나보다 한 살 위인 남학생이었다. 그와는 한동안 사귈 수가 없었다. 그에게는 여동생들이 여럿 있어서 한 달쯤 뒤에나 말을 하게 되었다.

나는 중학교 1학년이었고, 그는 2학년에서 피난을 갔던 이야기며, 그는 서울 자랑, 나는 인천 자랑으로 침이 마르도록 입씨름을 할 때도 있었다. 그의 서울 자랑은 남산과 화신백화점 창경원 등이었고, 나는 서울에서 볼 수 없는 바다 자랑을 여기저기 했다.

지금은 매립으로 없어졌지만, 현재 종합터미널쯤 되는

자리에 긴 둑이 있었다. 둑 한편으로는 염전이 있었고, 그 옆엔 수영장이 있었다. 그리고 수영장 옆에는 오밀조밀한 갯바위로 구성된 아담한 낙섬이 쌍으로 앉아있었고, 지금의 정석빌딩쯤에서부터 1부두 쪽으로 이어지는 약 1㎞ 이상 되는 긴 둑이 또 있었다. 그 아래는 백사장이고 한쪽은 넓은 초원이었다.

이곳에서 우리는 마음껏 소리 지르고 노래 부르고 모래 위에 그림도 그리며 뛰고 놀았다. 고깃배와 나뭇배의 황포돛대를 구경하고, 충남으로 간다는 여객선의 뱃길은 멀리 뵈는 꼬깔섬을 지나간다고 일러주고, 뱃고동 소리를 들으며 전쟁같은 것은 아랑곳없이 즐겁기만 했다.

학교는 임시로 운동장에 군용 천막을 치고 개학을 했는데, 그 집도 쉽게 서울 집으로 갈 수 없음을 예상해서 그도 인천의 임시 학교에 들어갔다. 그때 우리들은 지금의 학생들처럼 숙제도 없었고 진학 문제 같은 것은 아직 미정이어서 공부는 대수롭지 않았다.

그와 나는 아침에 학교 가면서 약속을 한다. 집에 와서 내가 안 보이든지 그가 안 보이면 조금 기다리다가 아침에 정한 장소로 가노라면, 그가 먼저 가면서 내가 올 듯한 편편한 길목에다 군데군데 글씨를 써 놓는다.

"나 먼저 XX로 가서 있을게. 그리로 와라."

나와 그의 동생들은 그 재미있는 글귀를 해석하고 찾아가면 쉽게 그곳에서 만난다. 어떨 때는 염전 둑에서 달음박질하다가 염부에게 붙들려 혼찌검을 맞은 일도 있었으나 모두가 재미있었다. 사리 때에는 개펄에 가서 조개와 고동과 민충이를 잡아다가 삶아 먹으며 주전부리도 했다. 그렇게 몇 달을 지내던 어느 날 갑자기 그의 집이 이사 간다고 했다. 환도가 아직 안 됐고 서울 집이 폭격으로 없어져서 쉽게 못간다고 했었다. 그렇다고 달리 형편이 좋아진 것도 아니건만, 시내에 있는 우리 집에서 매사 생활에 불편한 변두리 외곽으로 이사를 하는 이유를 아이들은 아무도 몰랐다. 그가 이사 가고 난 후에 우리 집은 학교만큼이나 넓어 보이고, 그와 늘 쏘다니던 곳도 낯설어 갈 수 없었다.

일년 뒤에 어느 날 내가 학교 가는 길목에서 모자를 푹 눌러 쓴 남학생이 내 앞을 가로막아 섰다. 나는 짓궂은 남학생의 장난으로 알고 피하려는데, 그는 은밀한 목소리로 "나야!" 하며 모자를 약간 들어 올렸다. 그는 그때 서울 배재고등학교에 통학을 한다는 소식을 들은 터이라, "어머 지금까지 학교 안 갔음 늦을 텐데 웬 일루?……"하며 걱정과 의혹과 반가움에 벅차서 말을 더듬거리는데, "나 오늘 기차 놓쳤어." 한다.

나도 그날은 학교에 안 가고 그와 둘이서 거리를 배회했다. 하지만 일년 전의 감정은 아니고, 왠지 어색하고 야릇한 설렘으로 벅찼으나 쫓겨난 아이들처럼 아는 사람의 눈에 뜨일까 두려워지기도 했다. 가끔 한적한 곳에서 이야기는 했어도 학과 진도라든지 뭐 실속 없는 몇 마디 주고받은 것 같은데, 어쩌면 여름 해가 그렇게 짧은지

학생들의 하굣길을 보고서야 저녁때가 된 것을 알았다.

그는 종일 무슨 말을 할 듯, 할 듯하더니 저녁때 내게 이런 말을 했다.

"우리가 왜 이사 갔는지 아니?"

"......?"

"그때 조개 잡으러 갔을 적에 내가 군화를 벗어서 내 혁대에 매달고 개펄에 들어갔다가 나왔을 때, 네가 내 혁대에 묶였던 군화 끈을 풀어 줬잖니?"

"그게 어쨌는데?"

"나두 몰라, 그때 니가 내 허리에서 구두끈을 풀러줄 때, 동네 사람들이 보구서 니네 언니 하구 우리 어머니 하구 있는데서 흉을 봤다나 봐."

"어머머......."

"그리구 너네 하구 우리 하구는 동성동본이래."

"......"

내가 듣기로는 별로 대단한 말 같지 않았는데, 그는 그 말을 하면서 무척 더듬거렸고 목덜미까지 벌겋게 상기되어 있었다.

그 후로 양가에서는 어른들만 왕래가 있었고 나는 그 말을 해석하는데 오래 걸렸다.

정말 어른들이 생각하는 것처럼 그때 우리는 위험한 관계였을까?

희망 잎

흉부에 들어앉은 심장의 크기는 불과 자기의 주먹만 하다는 것은 학술상으로 들은 상식이다. 그런데 이 작은 기관이 세상일을 온통 참견하고, 감히 우주의 무게를 측정하려고 추를 놓으려 한다. 허나 때로는 꽃잎보다도 더 여리고 가벼운 때도 있어서 절망과 슬픔으로 영혼을 어지럽힐 때가 있다.

어느 해 나는 이 작은 심장이 곧 파열되는 듯 멎는 듯 죽음만큼 어두운 때가 있었다. 죽을 수조차 없는 현실 앞에서, 나는 여러 달동안 거리에서 방황했다. 천 근처럼 무거운 몸집을 허약한 두 다리에 얹고, 마치 표류하는 배처럼 이리저리 행선지도 없이 걸었다. 그러다가 어느 아파트 단지로 기억된다.

한쪽으로는 한강이 흐르는, 조용한 길이었다. 블록 담장 옆에 심어진 개나리 나무가, 잎이 무성한 채 꽤나 길어 보이는 길이로 늘어서 있었다. 난 힘없이 한 손으로 그 나뭇잎 위를 슬슬 만지며 걷다가 그것도 지루했던지 잎사귀 한 잎을 똑 따가지고 무심히 들여다보았다. 그런데 어쩐 일인가! 그 나뭇잎에는 희망이라는 글씨가 쓰여 있었다. 나는 가늘게 떨었다. 그리고 알 수 없는 힘을 얻어 피로에 지친 몸에 조금씩 원기가 회복되는 것 같았다.

처음엔 그저 신기하기만 했었다. 어림잡는 짐작으로

수십만 개쯤은 됨직한 무성한 잎 중에서 생각 없이 따낸 잎에 어떻게 글씨가 쓰여 있을까. 그리고 찢기기 쉬운 이 나뭇잎 위에 용케도 조심스럽게 써넣은 일도 정성이 짐작되었다.

누가 썼을까, 남자일까, 여자일까, 혼자 썼을까, 누구와 둘이서 의논해서 썼을까, 쓴 사람이 누군지 그 사람도 나같이 절망 속에 있던 사람이었을까? 여기 서서 이 나뭇잎에 희망을 새기면서 그는 자기 스스로에게 다짐을 했던 것일까? 아니면 누구와 특히 사랑하는 사람 앞에 약속을 하면서 희망을 새겼던 것일까? 하는 생각에 잠시 내 처지를 잊고 있었다. 아무거나 내 손에 잡힌 희망이니까 내게도 그 운이 올 것만 같은 일이 아닌가 싶었다.

희망! 그래! 아직 어떤 구체적인 목표는 없지만, 그래도 희망이라는 안내원을 따라가 보자. 개인 능력이나 취향에 따라 설정의 차이는 있겠지만 꼭 거대해야만 희망이 되는 것은 아니지 않은가?

건강을 잃은 사람이 회복을 기다리는 것이며, 재앙에서 일어서는 일, 또는 봄에 씨를 뿌리고 좋은 수확을 기다리는 일도 희망이다. 크나 작으나 뚜렷한 목적은 좋은 희망이라고 생각된다.

그렇다면 난 해야 할 일이 그렇게 없는 사람일까? 하는 성찰과 함께 주변에 산재해 있는 일들이 내 손길을 기다리고 있다는 생각하였다. 제일 가깝게는 아이들을 열심히 키우는 일이었다. 그 일 한 가지만 해도 난 커다란 목표일 수 있다. 그동안 운명 앞에 너무 엄살을 피웠던 것이다.

집으로 가는 발길을 재촉했다. 집에 돌아와서 기도하는 마음으로 희망 잎을 성경책 갈피 속에 조심스럽게 넣었다. 앞으로는 무슨 좋은 일이 생길 것 같은 설렘으로 자꾸만 희망, 희망이다. 그리고 주술처럼 외우면서 자신에게 최면을 길들이게 되었다. 마치 복을 부르고, 재앙을 물리친다는 부적이라도 되는 것처럼 힘이 되었다. 물에 빠진 사람이 지푸라기라도 거머쥔다고 하듯이 말이다.

여러 해를 두고 성전을 찾아 봉헌했던 기원도 하늘에 닿지 않음이었을까. 기어이 그는 나와 무관한 사람으로 등을 보였다. 한데 떠난 사람보다 내 곁에 남아 있는 아직 성년이 안 된 두 아이가 더 큰 슬픔이고, 무거운 멍에였다. 살아온 날의 허망함과 현실 앞에 놓인 절망이며 암담한 장래가 나를 사정없이 무너뜨렸다.

참으로 하늘과 땅 사이는 멀기만 한 것인가, 아직도 내 기원은 하늘에 닿지 않음인가 하는 탄식으로 날을 보내던 때였다. 그렇게 방황하던 때에 손에 잡힌 신기한 희망 잎이었다.

난 그때부터 막연하나마 지난날보다 더 나은 때가 올 거라는 생각을 하며 유쾌한 길로 안내하는 희망을 놓치지 않았다. 그 후에도 살아가면서 예기치 못한 불행에 수없이 넘어지면서도, 앞으로는 좋은 일도 있을 것이고, 기쁜 날도 있을 거라는 생각을 버리지 않고, 여우 같은 희망에 홀려 오늘까지 살아왔다.

제4부
아버지의 치마

창작마을에서의 일기

올여름에 문화부로부터 창작 마을 이용안내서와 신청서가 동봉돼왔다. 숙식 비용은 모두 문화부에서 전산하며, 장소는 전국 각 도에 다 있었다. 나는 집에서 제일 가까운 아산군으로 정하고 기간은 9박 10일을 신청했으며 동행 없이 혼자서 다녀왔다. 아무래도 동행이 있으면 여흥으로 시간을 빼앗길 것 같은 욕심 때문이었다.

1991년 8월 5일

주소만 들고 찾아간 곳은, 민속보존마을이었다. 그리고 내가 정한 숙소는 마침 이조 말엽의 참판댁이고, 그 후손이 아직 대를 이어 살고 있는 문화재 같은 가옥이었다. 길을 안내해 준 사람이 가까운 옆문을 가리켜 주는데, 참판댁이라는 옛스러운 운치에 나도 조선시대때 과객처럼 조금은 짓궂은 객기를 살려서 옆문으로 들어가지 않고 큰 대문으로 들어가서 주인을 찾았다. 좀 있으니까 안주인이 나와서, 앞서 온 손님이 남자 시인이라서 상보기가 난처하다면서 나를 다른 민박집으로 보내려 한다. 나는 고색이 짙은 건축물의 구조며 유물 등등이 보고 싶은 호기심이 동해서 부득부득 있게 해달라고 우겨서, 문전 박대를 겨우 면했다.

객지 시골에서 혼자 있는 밤을 처음 겪음에 감회가 야릇했다. 낮에 그토록 울어대던 온갖 새와 매미, 벌레 소리까지 다들 잠들고 이따금 멀리서 개가 짖는 소리가 들리는 것으로 사위의 적막을 깨칠 뿐인 산촌의 여름밤이 이토록 조용하고 긴 줄은 처음 알았다.

8월 6일

길었던 장맛비를 마무리 짓느라고, 남은 비를 마저 밤새 뿌리더니 오늘은 아침부터 날씨가 쾌청하다. 방문을 열면 바로 보이는 앞산이 손에 닿을 듯 가깝고, 뒷문을 열면 먼 산의 능선이 겹겹이 포개져 있어 파도처럼 구부러져 있다. 이끼가 입혀진 돌담이며, 고가의 빛바랜 기둥과 기왓골에 돋아난 버섯이, 나의 상념은 조선시대로 돌아가서 헤매게 되는데 지나가는 비행기의 금속성 소리가 근대 문명을 알린다. 숲속의 뭇새 소리, 매미 소리며 풀밑의 벌레 소리와 앞내의 화음 물소리까지 이루어 여름날의 교향악의 절정이고, 방문 앞에까지 잠자리며 나비며 메뚜기가 찾아와 여름 향연이 흐드러지는데, 이따금 지나가는 바람이 텃밭에 서 있는 옥수수잎을 흔들어 놓으니 서걱거리는 소리가 왠지 여름이 얼마 남지 않은 것처럼 아쉬움이 깃든다. 아직 입추도 이틀 전인데 벌써 하늘은 저만치 높아져 있다.

8월 7일

점심 후에 개울 건너 사슴 목장에 가 봤다. 외국에서 장가왔다는 수사슴이 황소만큼 큰데, 일전에 사슴 피 어쩌고 하던 말을 들은 예로보아, 근래에 뿔이 잘리는 수난을 겪었던 후유증이 아직도 식지 않은듯, 육덕에 비해 그 눈이 너무 슬퍼 보였다.

습관처럼 슬픔에 전염이 잘 되는 기분을 씻기 위해서 개울가로 갔다. 개울 옆에는 나이테가 백 년 가까이 짐작되는 느티나무가 시원한 그늘을 만들어 주었다. 나는 돌 방석에 앉아서 깊지 않은 수심을 들여다보노라니, 수면 위에 떠 있는 곤충의 암수가 희롱하며 놀고 있다. 저 벌레가 소금쟁이라던가?

창포밭 못 가운데 소금쟁이는,
일이삼사 오륙칠 쓰며 노누나,
쓰기는 쓰지만도 바람이 불어,
지워지긴 하지만 소금쟁이는
싫다고도 안 하고 뺑뺑 돌면서,
일이삼사 오륙칠 쓰며 노누나.

어릴 때 불렀던 동요를 입속으로 가만히 불러 봤다.

8월 8일

오늘은 입추이자 말복이다. 점심엔 팥을 둔 찰밥에 반

주로 약술까지 한 잔 마셨더니, 전신은 노골거리고 기분은 훙청했다.

문설주에 기대인 채, 옥빛 고운 하늘을 올려다보며 구름의 수채화도 구경하고 다양한 매미 소리도 음미해 봤다.

맴맴맴맴맴, 뮤음뮤음뮤음뮤음뮤,
쓰름쓰름쓰름쓰름, 쓰르르르르싸,
쓰극쓰극쓰극쓰극싸

8월 9일

어제 입추가 지났다고 하루가 지난 오늘, 이렇게 날씨가 달라질 수 있는 걸까? 지난밤 자정까지만 해도 더워서 쉽게 잠을 청하지 못했었는데, 오늘 새벽엔 추워서 안주인의 긴팔 옷을 빌려 입기도 했다. 오후에는 제법 가을비같이 호박잎 위에 후드득 떨어지는 빗소리가 스산하다.

오후에는 비가 개었어도 숲속엔 물소리뿐이고 천지엔 회색빛 침묵에 깊이 잠겨 있다.

가라앉은 기분으로 오랫동안 토해내고 싶었던 아버지의 이야기를 대강 써 봤다. 어린 아기의 첫 마디같은 어눌한 소리를 따라, 일부라도 썼더니 기분은 어린 날로 소급해 돌아가는 듯싶다. 나는 두 분 앞에 무엇으로 태어났을까? 조금은 센치해지기도 했다.

8월 10일

이렇게 하늘빛이 고운 동네가 있을까? 옥색이 층층이 곱고 구름도 지치지 않은 양 한가롭게 떠다니는 마을이다.

햇빛은 금도금처럼 빛나고 창 앞에 서 있는 나무에는 어린 밤송이가 추석이 멀지 않음을 알리고 있다.

가까이 들리는 청아한 새소리 그 고운 소리로 보아, 자태 또한 절세일 것 같아서 뛰쳐나가 보고 싶은 충동에 글을 쓸 수가 없다.

나는 바깥의 온갖 유혹을 막아 보려고 앞뒤 문을 꼭꼭 닫았으나 지창으로 스며드는 햇살이 너무 야해서 방안은 마치 신방처럼 황홀하다.

8월 11일

참 나는 정이 헤프기도 하다. 앞채에 들었던 교수님도 중편소설을 마치고 오늘 새벽 상경했고, 바로 옆방에 들었었던 어느 회사의 여직원들도 오늘 다 떠났다. 벽 하나 사이에 두고 겨우 두 밤을 지냈을 뿐인데, 그들이 다 가고 없으니 이렇게 허허로울 수가 없다. 시끄러우면 조용한 것이 좋고, 조용하면 시끄러운 것이 그리워지는 것은 무슨 심산일까? 오늘따라 집이 만 리나 되는 것처럼 멀리 느껴진다.

8월 12일

앞산 어디쯤 물 좋은 계곡이 있고 또, 그 위에 선녀탕도 있다고 들었다.

나는 일행이 없어서 가볼 수 없었다. 오후엔 개울에서 머리를 감고 젖은 머리를 바람에 말리면서, 개울을 끼고 한참을 올라갔다.

차 한 대가 겨우 갈 수 있는 좁은 길이었다. 이 개울 끝 닿는 곳에 가보고 싶었다. 거기엔 개울이 시작되는 원천에서 샘이 솟는 것을 볼 수 있을 것 같아서다. 무모한 호기심이었을까? 얼마 못 가서 다리가 아프고 지쳐서 더 갈 수 없는데, 또 눈길을 끄는 곳이 있었다.

꽤나 넓은 저수지와 그 옆에 내리꽂는 폭포가 발길을 붙들고, 왕소나무 그늘에서 소슬바람이 나를 더 못 가게 한다. 한동안 땀을 흘리고 산 밑에 자리한 화사한 신축 절이 있는 곳으로 갔다. 절 근처의 수려한 경관은 말할 나위 없고, 주변의 시설물이 모두 예술의 극치였다.

연못에는 장정의 팔뚝만 한 관상어가 분수대 밑에서 유희를 하며 부티를 자랑하는 성싶어, 어쩐지 기분이 좀 뭐했다. 부잣집 문전에서 기삿거리다가 돌아온 기분이다. 절이 꼭, 가난하라는 것은 아니지만 조금은 고색이 배어 있고 청빈한 빛이 보였더라면 고궁을 들렀을 때처럼 안존했을 걸.

8월 13일

내일은 집에 가는 날이다. 귀경은 떠날 때만큼 기쁜 일이다. 예정했던 9박 10일이 오늘 밤으로 끝나는 날이다. 끝난다는 것은 마지막을 의미한다지만, 완성이라는 성취감도 있다고 본다. 예정보다 작품도 더많이 쓸 수 있었던 것 같아서 보람을 느낀다.

집에서와 다른 것은 잡다한 생활을 벗어나고 작품에만 집중할 수 있었던 좋은 기회라고 생각된다.

남남으로 만나서 며칠 동안 주객 간의 정리도 아쉽고 하늘과 산천, 그리고 거기 사는 모든 뭇새와 벌레까지도, 고별이 아쉽다.

나일론 양말의 일화

질기고 보기도 좋다는 나일론 양말이 새로 나왔다는 때가 퍽 오래됐지만 값이 비싸서 쉽게 신을 수가 없었다. 학교에 처음 신고 온 친구가 있었을 때, 우리들은 그 애한테로 우르르 몰려가서 구경했다. 샘 많고 허영심 많던 사춘기의 참새 떼들에게 둘러싸인 것이다.

"어머, 색깔이 어쩜 저렇게 선명할까, 빨아두 물 안 빠지니?"

"그럼, 물이 왜 빠져, 그리구 이 목다리 좀 봐, 아무리 늘렸다가 놓아두 늘어나지 않는다" 하면서 카바 목쟁이를 슬쩍 늘렸다가 놓아 보이면서, 신축성이며, 질긴 것까지 자랑이 대단했다.

우리들은 모두 부러워했다. 전후시대에 모든 물자가 귀했고, 형편들이 가난했을 때이지만, 그중에서도 양말 걱정은 보통이 아니었다. 면양말은 질기지도 않았지만, 신고 나면 발목이 늘어나서 주저앉는다. 나는 나일론 양말을 보고 온 날부터는, 양말을 꿰맬 때마다 투정을 부렸다. 요새는 한 달을 신어도 뚫어지지 않는 양말이 나왔는데, 맨날 이렇게 꿰매 신는다는 둥, 그 양말은 한 켤레만 가지면 겨우내 신을 수 있다는 둥, 처음 살 때만 비싸지, 오래 신을 수 있기 때문에 사실은 비싼 게 아니라는 둥 하면서 한 달도 넘게 주술처럼 쫑알대며 아버지의 눈치를 살폈다.

그렇게 어렵사리 나일론 양말을 사 신고 등교하던 날의 기쁨은 이만저만이 아니었다. 길에 가는 사람들이 모두 내 발목만을 봐주었으면 하는 생각이었다.

신발도 새는 애가 많은 때라서, 젖은 양말을 불 앞에서 쪼이고 난롯가에 살짝살짝 대면서 언 발을 녹이고 있을 때다. 나는 난롯가에 둘러선 친구들을 비집고 들어갔다. 양말 자랑을 하고 싶어서였다.

발이 시린 것도 아니고, 양말이 젖은 것도 아닌데, 난 건성으로 다리를 쭉 뻗었다. 그리고 다른 아이들이 하는 것처럼 난로 전에 살짝 댔다.

그런데 이게 웬일인가! 양말이 난로에 쩍 묻어나는 게 아닌가. 깜짝 놀라서 얼른 떼었는데도 벌써 양말 바닥은 휑하니 뚫리고 말았다.

나는 살점 어딘가 썩 베어진 것처럼 아프고 서러웠다. 내 자리로 돌아와서 책상에 엎드려 울고 있는데, 등 뒤에서 친구들이 하는 말이 더 약을 올렸다.

"나일론 양말은 아무리 발이 시려도 불도 못 쬐겠다. 애—"

"글쎄 말이야, 나일론 옷도 있다는데 아무리 더러워져도 삶아서 빨지는 못한대, 그리구 후들부들한데도 풀을 못한대, 그래서 비맞은 것처럼 후줄근 하구 여름엔 몹시 더운 옷이래."

"그래, 그래서 미국에선 노동복이나 지어 입는 거래"하면서 아이들은 벌써 나일론 평가를 절하시키고 있었다.

어느새 우리 반에는 대여섯 명이나 신고 와서 그런지, 처음 신고 온 애만큼 난 인기가 없었다. 오히려 나일론 양말을 비난까지 하는 게 아닌가. 하지만 저희들도 얼마 전까지도 한결같이 부러워하지 않았던가. 포도를 따 먹으려고 안간힘을 썼다가, 결국 키가 모자라서 따먹지 못하고 돌아서는 여우가, "흥, 네까짓 신 것을 누가 먹겠니" 하는 우화같은 속셈들일까.

나는 시험을 엉망으로 치른 날처럼 마음이 쓰렸다. 집에서도 몰래 빨아서 식구들이 안 보이게 말려 신는 것도 어려웠고 꼬매잽이를 안 하는 질긴 양말이라고 했는데, 벌써 뚫어졌느냐고 하면 대답이 궁할 노릇이다. 그렇게 얼마를 지난 후에 아버지는, 손녀에게도 한 켤레 사주시겠다고 했다. 나는 이 좋은 기회를 놓쳐서는 안 된다.

또 사달라고는 못 하지만 뚫어진 내 양말과 바꾸자는 생각이다. 그것은 이제 조그만 국민학교 저학년생이고, 나는 한참 외모를 가꾸는 성년인데, 어떻게 발바닥이 없는 양말을 꿰매 신는담. 내가 그렇게 의사를 밝히면, 아무래도 손녀딸보다는 나를 더 귀여워하시는 아버지고 보면, 쉽게 수락하실 거라는 자신감도 들었기 때문이다.

그런데 아버지는 의외로 노기가 청청하셨다. 그 비싼

양말을 헤진 것도 아니고 생으로 태웠다는 부주의도 그렇고, "제가(나) 부모 항렬에 속하는 고모가 되면서 어린 조카를 함함히 여길 줄도 모르는 소견은……" 하시면서 일장이 대단하셨다. 그리고 조카들 앞에서는 항상 점잖고 의젓해야지, 그렇지 않으면 조카들이 고모를 얕잡는다고 이르시면서 그날 내 양말도 같이 사오셨다. 그 후 40년도 훨씬 지난 요즘 고무줄만 늘어나도 안 신는 양말을 버리지 못하고 모아둔다고 내 아이들은 성화다.

얼마 전에 집수리를 했다. 목수며 미장이 잡부까지 여러 명의 인부들이 일을 할 때였다. 나는 헌 양말 보따리를 풀어놓으며 신고 온 양말은 벗어놨다가 갈 때 신고, 일할 때는 이것을 신으라고 했다. 그랬더니 인부들은 아무도 신으려 하지 않았다.

다시 헌 양말 꾸러미를 주섬주섬 꾸리면서, 어떻게 해야 좀 더 신고 버릴 수 있는 길이 없을까 궁리했지만, 신통한 묘안이 없었다.

나도 어느새 볼품없이 늘어진 양말 고무줄처럼 궁상스러운 노파가 되어가는 기분은 어쩔 수 없었다.

내 어린 날의 초상화

우리 형제는 11남매였다. 그중에 내가 막내였으니 위로 언니 오빠는 나이 차가 심해서 모르는 사람이 볼 때에는 나를 언니 오빠의 딸로 보는 사람이 많았다. 언니 오빠들은 아버지 앞에서 공손한 태도와 예의를 익혀온 터인데 나는 늘 버릇이 없어서 언니 오빠들이 못마땅히 여기고 가끔 아버지 몰래 야단을 맞는 터였다.

커다랗도록 아버지 등에 업힌다든지 식사 때 반찬이 좋은 아버지상으로 밥그릇을 들고 가는 짓, 아버지께 드리는 물그릇을 내가 먼저 마시는 짓, 아버지 신발을 함부고 끌고 다닌다든지, 아버지 쾌상을 열고 예쁜 연적을 꺼내다가 소꿉놀이를 하는 거라든지 나열할 수 없는 짓들로 큰오빠는 나를 야단만 치는 사람으로 여겨왔다.

그중에도 특히 말버릇을 못 고치는 일로 더 많이 야단을 맞았다. 내가 10살쯤으로 기억된다. 큰오빠는 그때 25세쯤이고 결혼했을 때였다.

어느 여름날 저녁에 오빠는 내게 이것저것 물어 왔다.

"너 요즘 말 잘 듣니?"

"음."

"새언니 말두 잘 듣구?"

"음."

"아버지 말두 잘 듣구?"

"으음."

나는 짜증 섞인 음성으로 건성 대답을 했다. 그때 저녁상이 마루에 놓여졌는데, 오빠는 나보고 또 묻는다.

"요즘 아버지한테 네, 네, 잘 하구?" 하면서 약간 장난기 섞인 말투로 묻는다. 나는 속이 상해서,

"그렇대두―" 하면서 더 성깔을 부리면서 대답을 했다.

오빠는 이때다 싶은 기회를 놓치지 않고 "그럼 지금 오빠 보는 앞에서, 아버지 진지 잡수세요, 한 번 해봐" 하는 게 아닌가. 나는 조금 전까지만 해도 짜증 섞인 투로 아무렇게나 응응거리며 대답을 했으나, 마치 덫에 걸린 쥐 모양으로 옴짝달싹을 못 하고, 입을 오므린 채 굳어 있었다.

오빠는 좀처럼 그냥 넘어갈 것 같지 않은 눈치였다.

여느 때 같으면 새언니가 아버지께 진지 드시라고 하던 일을 그날은 굳이 나를 시키는 오빠 속셈을 어린 소견으로도 짐작할 수 있었기 때문이다. 그때 아버지가 사랑채에 계셨으면 어려울 것이 없었다. 오빠 안 듣게 사랑에 나가서, "아부지 밥 먹으래" 할 수 있었겠지만, 아버지는 그 마루에서 곧게 보이는 앞마당 꽃밭에서 꽃손을 보고 계셨다.

나는 무서운 큰오빠 앞에서 아버지께 반말을 했다가는 야단을 맞을 것 같고, 그렇다고 한 번도 안 해보던 공대

말로 바꾸기는 무척 부끄러운 생각이 들었다. 이렇게 끙끙거리고 있는데, 오빠는 나보고 빨리 크게 해보라고 재촉을 했다. 나는 꾀를 냈다. 옳지, 오빠가 듣지 못하도록 아버지 옆에 가까이 가서 아버지만 듣도록 하면 오빠가 모르겠지 하고, 마루에서 내려가는데, 눈치를 챈 오빠가, "여기서 해"하는 것이었다. 나는 댓돌 위에 선 채로 손톱만 물어뜯고 있었다.

밥상이 들어온 것을 알고 계시는 아버지가 그냥 오셔도 되지 않겠는가, 그런데 오늘따라 내가 오빠에게 야단맞는 것을 알면서, 역성도 안 들어주고 모른 척하는 아버지의 속을 알 수 없었다. 나는 속이 무척 상해서 곧 울음이 터지려는데, 이때 오빠가 들고 있던 파리채로 내 종아리를 철썩 갈겼다.

처음 맞는 매다. 종아리는 따가웠고, 오빠를 야단치지 않는 아버지가 너무 미웠다. 전 같으면 아버지 앞에서 나에게 오빠가 야단도 못 치는데, 지금은 종아리까지 맞았으니 당연히 아버지의 노기를 사고도 남을 일이기에 나는 목청껏 큰 소리로 울었다.

오빠는 파리채를 또 한 번 번쩍 들고, "빨리 해 봐." 오늘 네 버릇을 꼭 고치고 말테다는 듯 더 무섭게 을러댔다. 아버지는 여전히 꽃밭에서 꼼짝도 안 하시고, "음 — 아버지한테 반말하는 것 혼나야지 아암—" 하고 오히려 오빠를 부추기는 게 아닌가. 내 어린 소견에도 아버지가 역성들기는 틀린 것 같았다. 하는 수 없다 싶어 더 크게 울면서 소가지 내뱉는 소리로, "아부지 진지 잡수래" 하고 쏘아붙였다.

오빠는 버럭 소리를 지르며, 다시 하라고 했다. "잡수세요-" 로 고치라는 것이다. 식구들은 모두 둘러서서 구경만 하고 있으니, 정녕 내 편은 아무도 없는 양 싶어 서러워하면서 한풀 꺾인 목소리로 겨우, "아부지. 진지 잡수세요" 하고 더 섧게 울었다. 그제야 오빠는 힝힝거리면서 좋아했고, 새언니는 내게 다가와서 아가씨 참 잘했다고 하면서, 이제부터 그렇게 하면 된다고 하며 달랬다. 식구들은 모두 장하다고 했다. 나는 속이 상했지만 식구들은 크게 기뻐했다.

그때 나는 아버지께 높임말을 쓰면 갑자기 내가 어른이 되는 것 같아서 무척 부끄러웠다. 그렇게 되면 응석도 못 부리고, 떼도 못 쓰고 아버지 등에 업히지도 못하고 맛있는 것이 있을 때에 제일 많이 차지하던 것도 못할 것이고, 여러 가지 편리하던 투정이나 어리광을 못 피울 것 같았다. 그리고 내가 누릴 수 있는 것을 다 빼앗기는 것 같았다. 투정으로 부족한 것을 채우고, 응석으로 관용을 얻고, 억지와 떼를 쓰면 웬만한 일은 관철시키던 수단이 모두 금지되는 것 같았다.

내가 아버지께 높임말을 쓰면 컸다고 언니들처럼 딴 방에서 자야 하고, 야단을 맞을 때 큰 소리로 울지도 못

하고 구석방에 들어가서 눈물을 꼭꼭 찍어내는 언니처럼 얌전해야 하는 것도 싫었다.

그 후로 나는 용케도 오빠의 눈을 피해서 여전히 말버릇을 못 고치다가 선생님이 우리 집에 가정 방문을 하셨을 때 선생님 앞에서 아버지께 무심결에 "네"하고 대답하던 것을 시작으로 "응"하던 대답을 마지막으로 끝냈다.

아버지의 치마

나는 아버지의 손에서 키워졌다. 지구상에 60억 인류가 한꺼번에 어머니를 부른다 해도 나 혼자 아버지를 부르는 목소리가 더 클 것 같다.

아버지는 내가 어릴 때, 아침에 일어나면 화롯불에 속옷을 쬐어서 따뜻이 입혀주시며 엄마 노릇을 하셨다.

내가 소학교에 처음 입학했을 때 아버지는 그때 벌써 치맛바람 대신 바짓바람을 펄럭거리셨다. 학교에 와보고 싶지만 적당한 명분을 찾지 못하셔서 매일같이 화분을 들고 오셨다. 화분은 우리 교실뿐 아니라 다른 반은 물론이고 직원실까지 그득 했다.

어느 날 교장 선생님이 부르셨다. 교장실에 갔더니 아버지를 모셔오라고 하시며 너의 아버지 꽃집 하시냐고 물으셨다.

내가 아니라고 하니까 옆에서 담임선생님이 교장 선생님께, "애는 아버지가 뭘 하시는지 모를 거에요" 하면서 거듭 물으셨다.

"아버지 꽃 장사하시지 않니? 너희 집 꽃집이지?" 하신다. 내가 거듭 아니라고 해도 여전히 "네" 하기를 재촉이나 하듯이 물으신다.

교장 선생님은 약간 의아해하시는 듯한데, 옆에서 담

임선생님은 “느이 집 꽃집 아니지?” 하신다. “네” 하니까, “거 보세요. 맞다니까요. 얘네 꽃집 아니에요” 하면서 내 대답을 일방적으로 부인하셨다. 그래도 교장 선생님은 석연치 않으셨던지, 몇 번을 되물으셨다. 해방 전 왜정 말기, 그때 아이들은 지금 아이들처럼 영악하지도 못했지만, 대부분의 아이들은 아버지의 직업을 잘 모르는 아이들이 많을 때다. 그래서 두 분 선생님은 내 대답을 더 신용 안 하신 것이다.

“그럼 느이 아버지 뭐 하시니?” 했다. 내가 “치과 해요” 하니까 두 분 선생님은 그 말도 믿지 않았다. 옆에서 담임선생님은 얘가 치과가 뭔지 모를 거라고 했다. 그러면서 꽃집 딸이 맞다고 우겼다. 교장 선생님은 여전히 확신이 서지 않아서, “얘, 너 치과가 뭐 하는 건지 아니? 뭐 하는 것인지 말해봐” 하신다.

그때 아이들은 이를 뺄 때, 집에서 어른들이 실로 묶어서 빼줄 때라서 선생님은 내가 치과를 모를 거라고 생각을 할 수도 있다.

“이빨하는 거에요. 금니빨하는 거에요” 하며 정확하게 대답했더니, 두 분 선생님은 서로 쳐다보면서 의외라는 표정이시다. 그리고 이내 그럼 오실 필요 없다고 하셨다.

실은 그때 운동장 끝에 심은 큰 나무가 오래전부터 잎이 조금씩 오그라들면서 싹이 안 트고 죽어갔다. 해서 교장 선생님은 그 나무를 살려보려고 애쓰시는 것을 보시고 우리 담임선생님이 학부형 중에 정원사 하는 분이 있다고 우리 아버지를 소개했던 것이다. 아마 매일같이 화분을 들고 오시니까 꽃집으로 아셨던 것이다.

두 분 선생님은 우리가 꽃집이 아니라는 것을 아시고는, “그럼 매일 학교에 가져오시는 꽃은 사 오시는 게구나” 하시며 놀라워했다. 그리고 가을이면 학교에서 연료비를 학생들에게 거뒀다. 그때도 아버지는 다른 아이들보다 비교도 안 되게 많이 내셨다. 애는 젖을 못 먹고 큰 애라서 추위를 많이 타니까 난로 앞에 좀 앉혀 달라는 어설픈 사정을 하셨다.

내가 제일 나이 어려서 앞에 앉으니까, 자연히 난로 앞에 앉게 되는데도 그런 걱정을 하시고 체면 깎이는 사정을 하셨다. 비가 오면 다 크도록 업어서 등교를 시키심은 물론이고, 원족을 가서는 다른 아이들과 어울려서 점심도 못 먹게 하셨다. 그리고 집에 갈 때는 담임선생님께 거짓말을 해서 빼내신다.

“등 너머에 애들 외가가 있는데, 예까지 왔으니 아이를 데리고 가렵니다” 하고 머리를 조아리며 빼내신다. 그리고 선생님이 안 보이는 곳에 가서 업고 오신다. 그분은 나 때문에 부당한 사정을 하시기에 늘 손을 비비셨다.

그럴 때마다 철없는 나는 아버지가 밉고 싫고, 부끄러웠다. 또 방학 때는 곤충채집, 식물채집부터, 수수깡이나 밀집으로 만드는 공작 숙제까지 같이 해주셨다.

이 모두가 엄마가 살펴주는 몫이 아닌가? 아버지는 엄마 몫까지 하시다 보니 성별도 중성이 되신 게 아닐까? 하는 생각도 든다. 혼자서 두세 몫을 하시다가 몸도 마음도 기진하신 탓일까? 노년에 중풍으로 오랫동안 고생하셨는데, 병고와 함께 극심한 가난까지 겹쳐서 비참하셨다.

젊었을 때, 카이젤 수염을 하시고 담배나 파이프를 입에 문 채 눈을 멀리하시거나 지그시 감으신 채 사색에 몰입하시던 모습을 찾아볼 수 없었다.

또 어느 때는 하얀 모시 두루마기를 입으시고, 아이보리색 파나마 모자를 쓰시고 단장을 짚으시던 풍채도 찾을 수 없다. 마치 걸인과 같은 행색을 하시고도 지팡이를 짚고, 지척지척 청과물 공판장엘 가신다. 그때 난 결혼해서 두 번째 아기를 낳았는데도 여전히 어린애로 보셨다. 60년대에 농촌은 아직도 보릿고개를 어렵게 넘겼고, 도시에서는 시간제로 나오는 공동수도에서 줄을 서서 물을 긷던 때다. 대다수의 가정은 헌책이나 신문지를 오려서 실에 꿰어 변소에 매달아 놓고 휴지로 쓰던 때다. 아버지는 가쁜 숨을 몰아쉬며 비척거리시면서 공판장 상회에서 과일 싼 종이를 벗겨내면 그 종이를 주우신다.

그 종이는 습자지처럼 보드랍고 깨끗하다. 그것을 주워다가 한 장 한 장 다림질한 것처럼 손으로 펴서, 한 묶음씩 내게 가져다주셨다. 요즘 고급 티슈를 뽑아 쓸

때면 문득문득 아버지 생각에 가슴이 저려올 때가 있어 휴지를 함부로 쓰지 못한다.

난 아버지께 애물이었다. 그분의 노고를 어찌 필설로 열거할 수 있겠는가. 그분의 마음은 물론이고 눈으로 볼 수 없는 얼까지 다 내게 쏟으셨다.

나는 널따란 아버지 등에 업히고 어깨 위에서 무등을 탔고, 무릎에 앉아서 턱수염을 쓸어가며 놀았다. 아버지는 내가 잘 때 커다란 손으로 등을 쓸어주셨다.

그분은 내 주전부리를 사 나르시고, 옷과 끼니를 챙겨 주시기에 늘 바지폭이 좁다 하고 바쁘셨다. 그리고 나 때문에 주변에서 빈축을 받으셨고, 부당한 손을 비비시며 자존심이 허락지 않는 사정을 하시기에 모든 체면을 벗어던지셨다. 그분은 나를 키우시면서 조금도 근엄하시거나 교육을 핑계로 야단을 쳐서 놀라게 하셨던 적은 추호도 없다.

오히려 촛불을 켜 든 손처럼 정성과 조심을 다 해서 바람을 막아주셨다. 그럼에도 나는 아버지께 효도는 고사하고, 얼마나 불효막심했던가,

한 번도 순종해 본 적도 없었고, 불행했던 결혼생활로 아버지 가슴에 비탄을 심어 드렸다. 살아가면서 수없이 겪던 질곡으로 꺾어지고 고꾸라지면서 주저앉을 때마다 아버지 생각이 제일 먼저 났다. 그분이 쌓은 금자탑에 난사하는 것 같은 죄책감이 든다.

한편 나 스스로 너무 하찮고, 왜소하고, 주눅이 들어서 존재가치를 상실할 때가 있다. 그럴 때면 스스로 자괴해진다. 이쯤 되면 살아있을 가치도 없다고 느껴질 때 아버지 생각을 하면서 오기를 발동하고, 자존심을 세우면서, 어금니에 힘을 주게 된다.

아버지는 지금 불초여식의 탄식을 들으실까, 아직도 내게 하실 말씀이 남아 있는 듯한 아버지의 목소리가 귓가에 맴돈다.

친가(親家)

아버지는 구한말에 충북 보은지방의 대갓집 외아들이셨다. 한데 무슨 일인지 벌써 4대째 독신으로 내려오는 가문이었다. 아버지 대에서도 벌써 7남매가 요절했던 것이다.

아버지의 형제들은 무슨 일인지 모두가 빼어난 외모에 심성이 곧고 인품이 준수하여 멀리 타동에까지 칭송이 자자했다 한다. 한데 꼭 성례만 치르려면 죽었다. 그리고 긴 병이 드는 것도 아니다. 별안간 급성으로 2, 3일 만에 죽음으로 양친의 기운을 잦아들게 했다.

조모님은 건강도 기진해 있고, 어느새 단산할 연세가 되었으니 조부님은 모든 의욕을 잃으셨다. 깊은 한숨을 토하시면서, “이제 우리 가문은 멸문이란 말인가?" 하시며, 탄식으로 날을 보내셨다.

어느 해 겨울 눈발이 성성하고 음울한 동짓달이었다. 조부께서는 종가에 제사를 보려고, 60리 길을 행보하셨다. 한나절이 훨씬 지나고, 집을 나선 거리가 40리쯤 지났을 즈음에 냇물이 꽁꽁 얼어붙은 돌다리를 건너려는데, 어디서 갓난아기 우는 소리가 들렸다.

순간 괴이한 생각이 들었다. ‘이 추위에? 인가도 멀리 떨어진 곳에 더구나 인적도 드문 이런 곳에, 이 추위에 아기 울음이라니!' 처음에는 환청이 아닐까 하며 돌다리 위에서 한참을 서성거리셨다. 한데 바람 소리에 묻어오는 울음소리는 점점 역력했다. 할아버지는 긴장한 채 주춤, 주춤하다가 돌다리 아래로 내려가셨다. 거기엔 헌 가마니때기 밑으로 삐죽이 보이는 물체가 있었다. 아기였다. 올이 보이지 않을 만큼 찌들고, 덕지덕지 기워서 본바닥을 찾기 힘든 누더기 포대기에 싸맨 채로 아기는 동사 직전에 있었다. 할아버지는 앞뒤 생각할 겨를도 없이 두루마기를 벗어서 싸안고 종가로 가시던 발길을 집으로 향하셨다.

단산을 앞둔 할머니는 멸문을 탄식하시던 중이라 그 아기를 크게 반기시고, 낳은 아기 못지않게 정을 쏟아 키우셨다. 그런데 그 아기를 데려오고 반년쯤 뒤에 조모는 태기가 있어서 아들을 낳으셨는데, 바로 내 아버지시다.

두 분은 늦게 아들을 형제나 두시게 된 일을 하늘에 감읍하였다. 그리고 업동이의 삼신이 아우를 보게 해줬다고 생각하시며 보배처럼 키우셨다. 한데, 이 무슨 변괴인가? 신은 두 분의 기쁨을 시샘하였을까? 아니면 악귀가 비웃기라도 했던 것일까, 업동이마저 겨우 3살을 못 넘기고 또 산으로 가다니! 두 분은 다시 절망에 빠졌다. 7남매씩이나 데려가고도 죽음의 사자는 아직도 지세(地貰)가 모자랐던가? 그렇다면 애초에 태어나지 않게 하든가, 데려갈 것을 왜 내 앞에 보냈다가 다시 데려가는 것은 무슨 역심이란 말인가. 아버지는 외아들로 남아서 양친에게는 신주 이상이었으나, 할아버지는 일찍부터 아들의 성장을 포기하는 연습 하셨다. 그래도 할머니는 교육시키려고 앞서간 자식들처럼 아버지에게도 하셨다.

후원에는 인조 연못이 있었고, 갖가지 유실수가 우거진 숲에 정자가 있었는데, 독선생을 모셔서 공부를 시켰다.

하지만 예나 지금이나 아이들이 공부하는데 스승에게 회초리 한 번도 맞지 않을 수 있단 말인가. 한데 할아버지는 그런 일을 묵과하시지를 못하고 스승을 갈아들이셨다. 그러자니 일 년에도 몇 차례씩 스승이 바뀌는데 그때마다 두 분은 서로 의견이 엇갈리셨다.

할머니께서는 자식 교육을 그르친다고 염려가 대단하신 반면에 할아버지께서는 정반대로 키우셨다.

"글 잘하고, 똑똑하고, 반듯하게 잘난 놈들 사람 구실 못하고 다 죽었어." 명 길면 그만이지 공부는 무슨 공부하시며, 역심을 부리셨다. 그리고 하인을 시켜서 어린 것에게 맞는 지게와 갈퀴를 만들라고 했다.

하인은 연한 대나무를 베어 불에 구워서 구부려 갈퀴를 만들고, 소나무를 베어다가 5살짜리 등에 맞게 지게를 만들어 상전에게 올린다. 할아버지는 그것을 내 아버지 어린 등에 지워주며 머슴을 따라가서 나무를 해오라고 산으로 보내셨다고 한다. 또 어느 때는 광목 쌀자루를 손에 들려서 솔방울을 주워 오라고도 했다. 그리고 광 안에는 늘 석청꿀을 단지마다 그득그득 채워 놓고 무시로 떠먹게 했으며, 오래 묵은 산삼을 구하기에 전념하시어 그 소문은 백 리 안팎에 나 있었다고 하였다.

그런 덕인지 아버지 생전에는 단 한 번도 병원엘 가보신 적이 없으셨다. 할아버지는 아들이 우선 명이 길어야 부귀도, 영화도, 공명도 있는 것이라고만 생각하셨다. 그리고 마치 죽음의 사자와 대적이나 하듯이 오기가 중천에 닿았고 결연히 일어섰다. 할아버지의 눈에는 아들의 등 뒤에는 언제나 죽음의 그림자가 어른거리는 걸로 보셨다. 요즘 말로 하면 노이로제다.

"데려갈 테면 일찍 잡아갈 일이지. 꼭 성례만 치르려면 데려가다니!" 이렇게 결이 선 할아버지는 내 아버지를 5살에 장가를 들이셨다.

그때 신랑은 5살이고 신부는 8살짜리 민며느리였다. 규수는 퇴락한 양반가의 여식이었다. 전염병으로 양친을 잃고 숙부 손에 키워지던 아이였다. 할아버지는 여느 자식들처럼 궁합을 본다거나 가문을 보고 인물이며 예의범절에서 솜씨까지 낱낱이 저울질하시는 게 아니다. 아무것도 안 보시고 양반의 후손이라는 성씨 하나만 보시고 간택을 하셨다.

규수라 하기도 신부라 하기도 너무 어려서 뭣하지만, 아무튼 그는 인물이 곱살하다든지 또는 영특하다든지 하는 소지는 전혀 없다고 했다. 그저 다소곳이 했을 뿐이다. 조실부모하고 가세 어려운 숙부 손에 키워진 탓인지 주눅이 들어 있었고 기가 없는 것이 늘 애잔하고 측은하여 시어른 두 분은 다정히 대해 주셨다. 한참 만에야 그는 식구들과 낯이 익고 정을 느낀 후로는 역시 나이 어린지라 꼬마신랑과 오누이처럼 또는 친구처럼 지냈다.

사금파리 주워다가 소꿉놀이도 하고, 각시풀 뜯어다가 나뭇가지에 씌워서 각시도 만들고, 조리풀 뜯어다가 조리도 만들면서 곧잘 신랑 각시놀이를 했다. 주발 뚜껑을 내다가 꽹매기도 치면서 마당을 돌며 뛰고 놀았고, 서로 업어주어 가며 봄이면 앞산 뒷산으로 올라다니며 진달래 꽃도 따 먹으며, 오디며, 머루랑 따 먹고, 입술이 파래서 붙어 다니며 잘 놀았다. 또 개울에 가서 미역도 감고 송사리며 개구리도 건져가며 시설거리니 마냥 즐거웠다.

어릴 때부터 연당에 앉혀놓고 엄격한 스승 앞에서 긴장하고 무릎 꿇고 더러는 가부좌를 하고 머리를 쉴새 없이 공부만 시켰던 죽은 자식들과는 전혀 달리 자랐다.

그랬어도 내 조부모님들은 늘 초조해하셨다. 아들의 나이가 한 살씩 더해갈 때마다 대견스럽게 생각하는 것이 아니고, 오히려 죽음의 사자가 가까이 오는 것을 상상하고 미리부터 자식을 체념하는 마음을 굳혔다고 했다. 그 증세는 업동이를 잃고부터 생겼다.

귀신이 우리 가문을 멸문시키려고 작정을 하지 않고서야 겨우 명부에 올린 자식마저 붉은 줄을 긋게 하다니,

저것 내 아버지도 믿을 수 없다며 아들의 나이를 세셨다.

초조하기는 할머니도 같으셨다. 늘 사위스러운 생각이 들어서 한해 넘기는 일이 마치 험준한 준령을 넘는 것처럼 힘겹게 숨을 몰아쉬셨다.

아버지 나이 15세가 되었을 때 조부모님은 성례를 서두르셨다. 예만 잘 치르고 나면 죽음도 피해 갈 것 같은 생각이 들었기 때문이다. 두 분은 어찌나 초조했던지 성례를 조용조용히 진행하셨다고 했다.

혹시 귀신이 음식 내를 맡을세라, 귀신의 귀가 열릴세라.

잠자는 귀신이 눈을 뜰세라 하며 택일을 짚을 때에도 목소리까지 낮추셨다고 했다. 마치 귀신 손에서 아들을 구해내는 일처럼 숨죽이며 조용히 성례를 치르셨다.

한데 성례를 치른 후에 낭패가 생겼다. 신랑이 신부를 거부하며 합궁을 피했다. 웬일인지 신랑이 신부를 마주 대하는 것까지 피했다고 한다.

아무래도 김씨 가문에는 혼례와 연관되는 풀지 못할 원귀가 구천에서 떠돌다가 희살을 부리는 것일까? 혼인만 하려면 죽더니 어렵게 귀신의 눈과 귀를 속여가면서 치른 성례가 이번에는 공방희살을 부리는 것이다. 그동안 다정히 지내다가 막상 예를 치른 후에는 남 보듯 하였으니 신부는 물론이고 조부모님 두 분은 상심이 대단하셨다.

아버지는 어린 나이에 5살까지 혼자서 놀았고, 어른들

손에서 벗어나지 못하다가 같이 놀 수 있는 친구가 생긴 것을 무척 즐거워했을 것 같다. 그러나 오랜 세월 동안에 깊은 신뢰와 오가는 정은 있었겠지만, 이성만이 느낄 수 있는 독특한 감성은 정만으로 사랑을 부를 수 있는 것은 아니었다. 이성이란 처음에 부끄러움을 탈 수 있을 때에 떨림이 있고, 가까이 스쳤을 때 황홀한 전류를 느끼지만 10년쯤 지나면 성별조차 감흥이 없어지지 않던가, 외람되게 아버지를 이해하는 체하는 게 아니다.

아버지는 그 혼인이 얼마나 괴로우셨던지 노년에 이르기까지 한탄하셨다. 그토록 덕이 높으시고 지혜로우신 어머님이신데 어째서 내 혼인을 그렇게 소홀히 하셨는지 모르겠다며 탄식하셨다. 내 조부모님께서야 아들을 살려내는 일과 견줄 만한 일이 아무것도 없으셨으리라. 그런데 아버지는 그 혼인을 탄식하시면서도 신부를 소박 놓지는 않았다.

할머님은 아들 사랑이 얼마나 지극하셨던지 당신 사후에 외아들이 외로울 것을 생각해서 같은 또래의 헐벗은 젊은이에게 옷을 지어 입히는 일은 평소에도 자주 있는 일이었다. 그리고 명절 때는 모전 흥정을 많이 해서 여러 광주리에 골고루 제물을 나누어 담고 어려운 이웃에게 돌리는 일도 해마다 거르지 않으셨다. 또 오래된 소작인들에게는 땅을 다소 떼어주는 일을 했으며 마름이나 머슴들에게도 새경을 후히 올려주는 등 당신들 사후에 아들이 외롭지 않도록 덕을 쌓으셨다고 했다.

그때마다 "나 죽거든 우리 아들하고 형제처럼 지내 달라"고 부탁을 하셨다니, 부모 마음은 가이없이 깊어서 바닥이 없는 것이 아닐까?

아버지 자신이 그렇게 지극한 사랑 속에 성장하신 탓일까? 후에 아버지도 우리들을 그렇게 키우셨다. 그중에서 특히 나를 유난스럽도록 과보호하셨다.

그렇게 합궁이 어려운 중에, 아버지는 예를 올린 지 3년 만에 첫딸을 낳으시고 이어 아들을 낳으셨다. 조부모님은 벅찬 기쁨을 감추지 못하시고 아무 때나 무시로 허허실실 웃으시며 한을 푸셨다.

늘 입버릇처럼 되뇌이시기를 "난 이제 죽어도 여한이 없다."고 하신 말씀대로 할아버지는 앓지도 않으시고 어느 날 밤에 고이 선종하셨다. 오랜 긴장 끝에 벅찬 기쁨도 육신은 감당 못 하는 성싶다. 육신의 모든 기능이 끊어진 태엽처럼 힘없이 풀리듯이 할머니도 채 2년도 안 되어 운명하셨다.

아버지는 양친의 묘소 앞에 움막을 짓고 3년 동안 초막생활하면서 지내셨다. 그 신부는 그때부터 다시 공방생활이 시작됐고, 평생동안 영영 남이 됐다고 한다. 아버지는 초막생활을 마치고 양친의 소대상을 치른 후에 곧바로 대를 이어 오던 보은지방을 떠나서 도시로 나가셨다.

나무의 음덕

나는 나무를 사랑한다. 전지가 잘 된 정원수보다는 심산에서 잡목과 어우러져 살아가는 숲속의 나무를 더 사랑한다.

산에 가보면 나무들과 어우러져 듬성듬성 놓인 바위며, 산을 감싸 안고 흐르는 비단 폭 같은 냇물과 뭇 새들의 지저귐도 아름답지만, 이 모두가 거기 나무가 있기에 산의 향연이 펼쳐지는 게 아닐까 생각된다.

나뭇잎 사이로 소슬바람을 걸러서 살갗을 간지럽히고 풋풋한 향기는 코끝을 취하게 하여 그저 황홀하기만 한 것도 그 또한 거기 나무가 있기 때문이다.

온갖 자연의 아름다움을 예찬하려면 무궁무진하겠으나 그중에서도 나무만큼 변화무쌍한 미를 창출하기는 자연 중에서 단연 으뜸이 아닐까 싶다. 하지만 그는 전혀 뽐낸다거나 교만하지 않다.

계절마다 새옷을 갈아입고 절기를 뚜렷이 알려준다. 하여 그 색의 조화는 화가의 손끝을 떨리게 하고 시인의 가슴을 울렁거리게 하며 현기증을 일으키게 한다.

봄이면 흐드러지게 꽃을 피웠다가 낭자하게 낙화를 흩뿌려놓고 질탕하게 놀다가 여름으로 접어든다. 그리고 작열하는 태양 아래서 왕성한 성장으로 맘껏 팔을 벌려 세상을 온통 끌어안을 듯이 땅을 잰다. 그리고 어느 날 찬바람이 스산해지면 잎새는 윤기를 잃어간다. 홍조를 띠고 영화롭던 지난날을 돌이켜보며 부지런히 씨앗과 열매를 여물게 해서 세상을 풍요롭게 한다. 그리고 마지막 제전을 준비한다.

그는 또 한 번의 변신으로, 꽃보다 더 성숙한 단장으로, 가을 산을 물들였다가 마침내 가진 것을 다 돌려주느라 사태져 내리는 가랑잎이 소리 없이 비명을 지른다. 입은 옷까지 훌훌 벗어놓고 온 산에 묵시의 제전을 차려놓고 묵도(默禱)를 올리는 참담한 가을 제식(祭式)을 끝낸다. 그리고 겨울 산에 들어가서 그는 소복을 입고 인고의 아픔을 견디며 하늘에 속죄하며 봄을 기다린다.

우리는 그의 미색과 향기로 기쁨을 얻고 여러 가지 편리한 쓰임새와 부를 얻는 덕도 보이지만, 성자 같은 그의 삶에서 깊은 철학과 무성 무음의 설법을 듣게 된다.

우리는 나무를 볼 때, 잘 뻗는 수형의 자태와 현란한 꽃과 탐스러운 열매 등을 보고 감탄할 때가 많다. 하지만 좀 더 심미안을 뜨고 뿌리를 본다면 땅 밑의 어둡고 습습한 지심 속을 깊이깊이 파고들면서 실핏줄 같은 잔뿌리로 수분을 빨아올려 지상의 몸체에서 가지 끝까지 양분을 공급하는 뿌리에는 무심해지기 쉽다.

뿌리는 지상의 호사나 영화 같은 것은 아예 눈을 돌리고 나무는 잎을 피우고 꽃을 피우며 열매를 제 때에 맺도록 밤낮없이 펌프질만 하는데 꾀를 부리지 않는다.

그뿐인가 뿌리는 흙을 끌어안고 사태를 막아서 산을 보호한다. 그리고 그는 밖을 엿보는 일이 전혀 없다. 나무는 제 몸만 가꾸는 게 아니다. 새들에게 둥지를 들도록 가지를 양보하고 팔을 벌려 지친 새들을 쉬게 한다. 또 여기저기 표피 각질 속에는 곤충의 집을 짓게 하고 그들이 방자하게 오르내리며 간지럽혀도 털어낸다거나 화를 내는 일이 전혀 없다. 그리고 꽃 속에는 꿀을 안쳐서 벌과 나비를 불러 친구해 주고 꿀을 주면서도 추호의 공치사가 없다.

또 그의 삶은 어떠한가? 사철 밤낮없이 비탈에 서서 비가 올 때는 함초롬히 비를 맞고, 엄동에는 눈을 덮어쓰고 그 무게에 눌려 생가지를 찢기는 설해목의 아픔을 보게 된다. 그는 땅으로 고꾸라지면서도 누구에게 구원을 청하는 일도 없다. 또한 어떠한 고초도 혼자 겪으면서 인고의 쓴 잔을 거부하는 일도 없다. 그리고 사람의 손에 심어지고 사람의 손에 베어져도 베일 것을 왜? 심었냐고 저항한다거나 따져 묻는 일도 없이 순종한다.

또 그가 죽어서는 어떠한가? 같은 나무라 해도 어떤 나무는 좋은 재목도 되고 또는 고급 의걸이가 되어서 주인의 사랑을 차지하고 매만짐을 받게도 되며, 웅장한 건축자재로 쓰여서 사람에게 부를 안겨 준다. 하지만 어떤 나무는 화목으로 밀려나서 한 줌의 재로 사위게 되면서도 그는 세상일에 전혀 불평하지 않는다. 그리고 운명이려니 하고 절대자의 섭리에 따라 순종한다.

수없이 많은 날을 낙뢰에 놀라고 풍상에 시달리면서도 그는 한시도 나태하지 않고 분수를 지키며 삶에 충실한다. 그의 소박하고 준수한 미와 건강하고 줄기찬 생명력을 볼 때, 마치 해탈한 성자의 자세같이 느껴져서 차라리 숙연해질 뿐이다.

살아서는 꽃과 열매와 향기를 주어 우리를 기쁘게 하고 서늘한 그늘을 드리워 지친 이를 쉬게 해주는 나무! 그런 그가 죽어서는 온갖 쓰임새로 우리에게 편리와 부를 주지 않던가. 그러고도 그의 마지막 혼을 사르는 불길로 우리에게 따스한 온기를 주면서 한 줌의 재로 잠시 남았다가 흔적도 없이 사위어지고 만다.

얼마나 숭고한 그의 일생인가! 그런데 과연 그는 잘리고, 찍히고, 뽑히고, 버려지면서도 무저항, 무폭력이다. 늘 순종만 하는 무심한 천치일까?

그렇지 않다고 본다. 그도 토라지면 비정하리만큼 무서운 화재가 실눈을 뜨고 있음을 우리는 기억해야 하며 방심을 해선 안 된다.

나무를 사랑해서 심고, 가꾸고, 애정으로 기르면서 그를 잘 보호해 주면 나무는 부를 약속할 것이다.

어리석은 피에로

큰오빠 친구 중에 여배우를 애첩으로 둔 사람이 있었다. 그는 본가의 눈을 피해서 우리 집 옆에다 방을 얻고 살았다. 휴전 후에 환도는 했지만, 전쟁 폐허 속에서 모두가 가난할 때 그녀는 배우라지만 무대에서 입을 의상이 없어서 늘 빌려야 했다. 하지만 첩이라 하니 동네에서 고운 눈으로 보는 이가 드물었다. 하여 쉽게 옷을 빌리기가 어려울 때 내가 거들어 주었다.

나는 인정이 있어서가 아니라, 공짜 구경에 맛을 들였기 때문이다. 내 옷은 물론이고 올케언니 옷도 몰래 빼내고, 친구들 옷도 빌려다 줬다. 어떤 때는 보자기며, 수건, 신발 따위까지 해서 그의 소품을 챙겨다 주었다.

왜 그랬을까? 나는 그때 한참 허영기에 허기진 열일곱 살이었다. 그녀는 내 귀에 짜릿한 유혹을 쏟아부었다. 배우가 되라는 것이다. '허! 내가 어떻게…' 하지만 그녀는 계속해서 나를 추켜세웠다. 이쁘다는 둥, 목소리가 곱다는 둥, 노래도 잘한다는 등, 애교도 있고 매력도 있어서 주인공 감이라는 등등으로 나를 설레게 했다. 목마른 심지에 기름을 붓는 격이나 다를 바 없었다.

그때부터 내 안에는 어리석은 피에로가 들어앉아서 우쭐우쭐 춤을 추었다. 늘 거울 앞을 떠날 줄 몰랐다. 여러 가지 표정도 지어 보고, 이 옷, 저 옷을 입고 맵시를 내고, 안팎으로 수선을 피웠다. 말할 때는 목소리도 교태스럽게 하는 등, 마치 무대 위의 주인공이 된 양 자기 도취에 빠져 있었다. 그뿐인가 학교에 가서도 친구들 앞에서 연극 보고 온 이야기를 해주면서 흉내며, 표정이며, 목소리, 억양까지 빼놓지 않고 재연해 보였다. 라디오 연속극이며, 연애소설을 읽고 학교 가서 이야기할 때도, 모두 감정을 넣어서 마치 그 책 속에 나오는 주인공인 양으로 실감나게 했다. 친구들도 재미있어했고, 약간의 인기(?)도 올라갔다. 한데 그녀는 전처럼 공짜 표를 얻어주는 것이 아니고 돌이 지난 자기 딸을 업고 와서는 나보고 아기를 봐달라고 하는 것이다. 아기 보는 일이 여간 힘든 게 아니었지만, 나는 쾌히 승낙했다. 그녀가 시키는 일은 뭐든지 하리라 마음을 굳혔기 때문이다. 장래 주인공 배우가 되려면 그깟 것쯤이야 뭐 어려울 게 없다는 생각에서다. 한데 그는 차츰 남자 주인공의 옷까지 빌려 오라고 하였다. 어느 여름날 아기를 업고 소품 보따리를 들고 땀을 뻘뻘 흘리면서 애관극장으로 가다가 길에서 아버지를 만났다. 내 꼴은 영락없는 애 보는 식모 같았으니 아버지는 적이 놀라시는 표정이었다.

웬 아기냐? 보따리는 뭐고? 또 어디를 가는 거냐며 다그치셨지만, 나는 입이 붙어서 아무 말도 못 하고 납덩이처럼 굳어 있었다. 아버지는 나를 거칠게 움켜잡고 골목 안으로 들어가서 궁금한 보따리부터 풀어 보셨다.

보따리 안에는 오빠의 것으로 보이는 양복이며, 아버지의 중절모까지 들어 있었다. 나는 아버지가 그날처럼 무서웠던 적은 없었다. 또 그날처럼 아버지가 미워해 본 적도 없다.

아무튼 그 길로 아버지 손에 끌려 집에 와서는 그간에 저지른 일이 백일하에 적나라하게 드러나게 되었다. 그리고 아버지의 노기는 내게서 그치지 않으셨다. 정작 혼이 난 쪽은 올케언니와 큰오빠였다.

"내, 그 준용이란 놈을 진작부터 가까이하지 말라고 일렀거늘 지금까지 옆에 끼고 있다가 종내는 제 동생 신세까지 그르치려 들다니."하시며 그간에 오빠의 비행을 낱낱이 쏟아내셨다. 오빠의 여성 편력이며, 낭비벽이며, 행동거지 일체를 들어서 평소에 눈에 거슬렀던 점을 들춰내시며 노발대발하신다. 그 후로 나는 올케언니의 옷은 물론이고, 오빠며, 아버지의 옷까지 몰래 빼냈던 일로 곤욕을 많이 치렀다. 혹시 옷에 담배 불똥자리가 났다든지, 때가 묻었다든지, 혹은 치맛단이나 주름이 뜯어졌든지, 저고리 고름이나 동정 따위에 실밥이라도 약간 터졌다면, 모두 내가 뒤집어써야 했다. 그뿐인가 찾는 물건이 눈에 안 띄게 되면 얼른 내가 지목되었다.

그리고 친구들 앞에서도 행동을 조심스럽게 해야 했다. 허영에 들떴던 내 속을 그들이 들여다보는 것 같아서 쑥스럽고 부끄러웠던 것이다.

난 그 이후로도 늘 어리석어서 사람을 잘 믿었던 일로 여러 번 손해를 많이 보았다. 요즘에 스타병에 걸려서 연예인을 따라다니며 열병을 앓는 신세대들을 보면 지난날의 나를 보는 것 같아 측은한 생각이 든다.

그리고 씁쓸한 웃음이 입가에 번진다.

무속(巫俗)

한약방을 하셨던 고모부는 철저한 수전노였다. 그는 명의로 널리 소문이 나 있어서 환자가 전국 각지에서 모여들었다. 1·4후퇴 때에는 제주도로 피난을 가는데 피난선 안에서부터 돈을 벌었다고 한다. 난민들이 멀미로 토하고 싸고 열나고 하는데 침 한대로 간단히 치료해 주고 치료비를 받았기 때문이다.

피난 생활 중에도 오지였던 당시의 제주도에서 침술과 민간요법으로 환자가 끊이지 않았다고 한다. 그래도 그는 평생토록 집수리 한번을 하지 않았다. 약국방 벽은 군데군데 기워 발라서 울퉁불퉁하여 여간 보기 흉한 게 아니었다.

훗날 그분이 타계하신 후에 집수리하느라고 약방 벽을 뜯어냈을 때 벽에서 지폐가 두 가마니도 넘게 쏟아져 나왔다. 하지만 해방 전후며 6.25동란이라며 몇 번의 화폐개혁으로 쓸모없는 돈이어서 가족들의 실망이 이만저만이 아니었다.

고모는 전시효과가 될 만큼 골고루 놔두고는 모두 아궁이에 넣고 불을 질러버렸다. 그리고 죽은 남편을 향해서 못다 한 분풀이나 하듯이 푸념을 퍼부었다. '어이구 우라질 첨지, 돈 한 푼 타 쓰려면 그렇게 애를 말리더니 겨우 벽치레 했구료, 난 왜 그렇게 방이 점점 좁아보이나 했지' 하면서 돈다발을 아궁이 불 속에 훌훌 던졌다. 후에 객지에서 제금 살던 큰아들이 와서 그 소식을 듣고 골동품 가치를 계산하며, 또 한 번 애통해하는 소란이 벌어졌었다.

자린고비 고모부는 나무로 된 설거지통의 전이 다 패였어도 새지 않으면 된다는 것이고 콩나물값도 아까워서 집에서 길러 먹게 하고 심지어는 고추장 담글 때에도 지켜 앉아서 짜게 담가야 오래 먹을 수 있다고 직접 간을 보며 참견하셨다. 그렇게 지독하던 수전노가 훗날 부인이 굿을 하겠다고 하면 서슴없이 거금을 내놨던 것은 고모부가 무속을 신봉해서가 아니다.

자식들의 비명횡사가 몇 번 거듭되면서부터였다. 아들 넷, 딸이 둘이었는데 큰아들은 해방 당시에 경찰 고위층이었고, 둘째 아들은 대학에 다녔다. 해방되고 혼란스럽던 때에 둘째 아들은 대학에서 공산당에 휩쓸렸다. 그때부터 고모부는 입버릇처럼 이제 우리 집은 가운이 다 됐다고 한탄하셨다. 큰놈은 작은놈을 잡으러 다니고, 작은 놈은 자기 형을 노리고, 서로 총을 겨누고 있으니 이게 망조가 아니겠느냐고 하셨다.

작은오빠는 어른들의 성화를 생각했음인지 아니면 공산당에 회의를 일찍 느꼈음인지 공산당에서 발을 뺐다. 그리고 몇 달 뒤에 흉탄에 쓰러졌다.

집안은 일시에 수라장이었다. 안방엔 고모가 목이 잠긴 채 몸져누웠고, 사랑채엔 고모부가 입이 온통 부르터서 마스크를 하고 몸져누워 있었다. 그리고 집 안팎엔 수사진들이 들끓고 있었다. 큰언니가 앨범에서 수사진에게 범인을 지명했다.

연극도 같이 했고 형제처럼 지냈다며 그날 저녁에 불러낸 놈이라고 하면서 몸부림쳤다. 몸조심하라고 일렀지만, 너무 친하게 지냈으며, 학비까지 몇 번씩 조달해 주었던 터라 의심 없이 믿었다고 했다. 그들은 싸리재 어떤 빈집으로 데리고 가서 두 친구가 양팔을 하나씩 끼고 권총을 턱밑에 대고 '네 형 때문에 위장전이나 아니면 배신이냐'할 때 이도 저도 아니고 공산당이 싫다고 했더니 그대로 방아쇠를 당긴 것이다. 그 엄청난 상처가 채 아물기도 전에 셋째아들이 바다에 낚시 갔다가 밀물 급류에 쓸려서 시체도 건지지 못했다. 그리고 연이어 큰아들의 실직이며, 큰딸의 청상까지 줄줄이 비운이 겹쳤다. 그리고 집안에는 이상한 징조가 몇 가지 있었다.

둘째 아들이 죽던 해에는 대청마루 천장에서 가끔씩 소리가 딱, 딱, 나더니 어느 날 아름드리 대들보가 부러졌다. 그뿐인가 얼음쪽같이 정갈한 고모 손이 미처 닿을 새도 없이 노래기가 들끓었다. 특히 아침에 자고 나면 어디서 모여드는지 처마 끝이며, 기둥이며, 곳곳에 노래기가 덩얼덩얼 엉겨 붙어서 사람을 놀라게 하고 냄새를 피워 아침부터 식구들의 기분을 상하게 했다. 쑥을 피우고 고추씨를 태우고 소독을 하고 심지어는 흰 종이에 노랑각시 물러가라는 글귀를 써서 처마 끝에 쭉 붙이는 등 노래기 소탕에 진을 빼야 했다. 다음엔 또 무슨 일로 놀라게 될까 하고, 고모는 늘 불안에 떨었다.

처음 몇 해 동안은 죽은 자식들만 애통히 그렸으나 점차로 생각이 바뀌었다. 아직 성장하지 못한 어린 남매가 끝으로 있음을 생각하고 정신을 추스른다. 행여 악귀가 끝으로 남은 어린것들에게까지 덤벼들면 어쩌나 하는 두려움이 고모를 무당집으로 내몰았다. 무당들은 한결같이 청춘에 비명횡사한 원귀가 구천에 떠 있으니, 잘 달래서 저승으로 가도록 길을 갈라 주어야 한다는 것이다. 그리고 가신(家神)이 단단히 노했으니 부정한 것들을 모두 씻어내야지. 그러지 않다가는 어쩌고 저쩌고 한다는 것이다. 무당의 말은 곧 신령님의 말씀처럼 믿어져서 고모는 잔뜩 겁을 먹고 돌아온다. 그리고 무당의 전령처럼 고모부 귀에 그대로 쏟아붓고 애원 반 협박 반으로 남편을 설득시킨다.

고모부는 약국 문도 열지 않고 거의 몸져눕다시피 의욕이 떨어진 상태에서 부인의 설득에 수긍이 갔던 것일까? 고모부의 손에서 인색하지 않게 돈이 나왔다 해서 굿하는 날에는 여간 풍요로운 게 아니다. 마치 잔칫날 같았다. 대감시루, 칠성시루, 태주시루, 조왕시루, 무슨

시루해서 떡시루만도 대여섯이 넘었다. 그리고 상도 한 둘이 아니다. 신령님상, 대감상, 귀신상, 무슨상, 무슨상 해서 울긋불긋 크고 작은 상이 즐비했다. 장고며, 해금이며, 제금이 합주를 하고 무당은 부채와 방울을 들고 재배와 함께 굿판이 시작된다. 장고와 제금의 장단과 춤, 무녀의 낭랑한 음성에 담긴 염송이며, 경기가락에 실린 축원과 간간이 섞인 해학에 너스레까지 풀어놓는다.

그리고 망자의 원혼을 달랠 때엔 제금과 장고는 그치게 하고, 가늘게 떨리는 무녀의 목소리는 몽환 속에 혼절했다가 일어서며 망자의 넋을 접하는데, 그 표정은 너무도 처연하고 애절하며 그 슬픈 대사와 연기는 구경꾼들까지 모두 울게 한다. 분위기 속에서 망자와의 마지막 고별식을 한다.

굿판은 이렇게 의식이 있는 한바탕의 놀이마당이 된다. 풍요로운 음식이 있고, 춤과 장단이 있고 구경스러우며, 무녀의 선두로 주객과 함께 어우러져서 울고 웃는다. 그리고 넋풀이, 한풀이하고도 모자라서 뒤풀이까지 한다. 뒤풀이는 무녀의 몫이 아니다. 구경꾼 중에 누구라도 신나게 쾌자를 입고 북장단에 춤을 출 수 있는 무대가 된다. 이렇게 말하면 내가 무속을 예찬하는 것 같지만 그런 것은 절대 아니다. 하지만 한 가지 매력은 톡톡히 느낄 수 있다.

여타의 종교에서처럼 죄를 묻는다거나 선악에 따라서

상벌이 정해진다는 것도 아니다. 또는 천당설이며, 극락설, 윤회설 등으로 겁을 주거나 현혹시키며 내세를 운운하지도 않는다. 다만 현세를 위해서 수복건안(壽福建安)을 빈다. 건강하고 평화스럽고 명이 길고 운수대통으로 복을 많이 달라는 것이다. 그리고 이미 죽은 이에게는 그 넋을 위로하고 뜬구름 같은 세상사 미련 두지 말고 어서 저승에 들어가 편히 쉬라고 한다.

무속은 여느 종교처럼 '하느님이다. 부처님이다.' 하며 어느 한 분을 숭상하지는 않는다. 그리고 천지에 모든 자연은 삼라만상이 모두 혼이 있다고 보며 마음을 주고 받는다고 믿는다.

하늘과 땅 그리고 별과 해와 달을 찬미하면서 산에는 산신령, 바다엔 용왕신, 집에는 가신이며 조왕신까지 운운한다. 그밖에도 장독이며 측간이며 심지어는 낟가리 더미에까지 술과 떡을 떼어놓고 허공에는 떠도는 혼이 있다고 보며 고수레를 한다. 그리고 미물까지도 그 마음을 달래며 사람은 낮게 낮게 낮추면서 아무것도 몰라 우매하니 소례를 대례로 받으라며 조아린다.

장난감

요즘 여자아이들의 장난감은 완전히 어른들의 축소판을 보는 것 같다. 소꿉놀이 완구를 보면 우선 인형 배를 누르면 '응애응애' 울고, 일으키면 울음을 그친다. 또 어떤 인형은 '안녕하세요? 안녕히 가세요' 등의 말도 하는 인형도 있다. 소꿉놀이 완구는 씽크대부터 밥상에 프라이팬이며 반찬은 물론이고 각종 과일까지 다 있다. 인형도 갓난아기며 주부까지 다 있다. 자동차도 트럭, 포크레인과 승용차까지 없는 게 없다. 그런데 자세히 보니까 아이가 장난감을 가지고 놀 줄을 모르는 것 같았다. 그저 나란히 나열해 놓는 것이 다였다. 즉, 연극처럼 대사가 없으니 아이는 금세 싫증을 느끼고 재미를 모르는 것 같았다. 완구 말고도 실내 미끄럼틀이며 그네도 있다. 아이가 타고 놀 수 있는 자동차며 자전거까지 살림이 어마어마하다. 책자로도 완구가 있는데, PAGE를 펴면 집이 나오고 안방에 커튼이 처져 있고, 하늘엔 나는 새며 나무도 있는 산이 펼쳐진다.

그래서 요즘 이삿짐센터에서 예약할 때 먼저 아이가 몇 명이냐, 몇 살이냐 묻는다고 한다. 아이가 있는 집에서는 아이의 살림이 너무 많아서다. 책장이며 자전거며 실내외 완구가 상당하다는 것이다. 그래서 짐을 적재하는데 어려움이 많다고 한다. 완구뿐인가 문구며 옷이며 소지품까지 헤아릴 수 없다.

불과 1세기도 안 된 사이에 우리나라의 발전된 변화를 소급해 보면 난 수 세기를 살아온 느낌도 든다. 왜정 말기에 태어나서 해방과 6.25와 1.4를 겪는 동안에 발전된 생활상을 가끔씩 반추해 보면 엄청난 유토피아가 아닐 수 없다.

우리 어릴 때는 완구라는 이름도 없이 그냥 아이들 입으로 소꼽짱이라 했다. 아니면 장난감이라고도 하고, 그나마도 어른들이 사다 준 기억은 없다. 기껏해야 어른들이 다 쓰고 버린 구리므(크림)통이나, 분곽이면 최상급이다. 거기다 병뚜껑이나 조개껍질 등이 고작이었다. 그랬어도 요즘 아이들처럼 쉽게 싫증 내고 또 새로 사는 것만 좋아하지 않고, 하나라도 없어질세라 또는 어른들이 지저분하다고 쓸어버리지 않을까 전전긍긍하며 으슥한 뒷곁이나 마루 밑에 잘 숨겨 뒀다.

소꿉놀이는 완전히 어른 흉내를 내는 것이 재미였다. 땅바닥에 금을 긋고 이쪽은 너네 집이고 또 이쪽은 우리 집이라 하고 우리가 떡을 했다고 옆집에 갔다 주는 시늉을 하면서 어른들이 하던 말까지 그대로 흉내 내면서 놀았다. 그걸로 성이 안 차면 실제 어른들처럼 머리에 수건을 두르고, 어른 치마를 입고, 깊이 엎어준 양산도 꺼내 들고 거기서 한 발 더 나가면 새언니 화장품까지 손을 대고 화상을 그리며 놀았으니 깨가 쏟아졌다. 어른 없는 빈집은 해방된 어린이 천국이 된다. 마루에서 뛰고 앞마당 뒷마당으로 몰려다니며 소리 지르고 집안, 이 구석 저 구석을 탐색하다가 한 아이가 우리 물먹자고 하면 부엌으로 몰려가는데, 물만 먹는 것이 아니다. 찬장을 열고 김치를 한 가닥씩 집어 먹는다. 매워도 참고 또 먹고 또 먹고 다 거덜을 낸다. 그렇게 먹는 김치는 밥상머리에서 먹던 맛이 아니다. 그뿐인가 주전부리도 그랬다. 먹을게 생기면 우선 밖으로 가지고 나간다. 왜냐면 동무들에게 자랑하고 싶고, 얘들이 조금만 달라면 으쓱거리고 빼기는 것이 좋았다. 맘 내켜서 조금 비밀로 하면 그 애가 곧 내 편이 되는 것이 좋았다.

그때 궁한 것이 어디 완구뿐인가, 옷이며 주전부리며 학용품까지 궁색하지 않은 것이 아무것도 없었다. 그런데 이상한 것은, 특별히 궁핍을 느끼지 않았던 것 같다. 왜냐면 거의가 다 비슷비슷했고, 별 차등이 없이 궁핍한 때였다. 어쩌다 새것이 생기면 친구들이 다 부러워하는 것에 으쓱거리게 했다. 요즘은 아이들 완구도 실물과 축소됐을 뿐 완전 모형으로 된 것이어서 비슷하게나마 만들고 기뻐할 줄을 모르는 것이다. 기차를 타는 것보다 놀이기구를 타는 것이 더 재미있고, 흉내를 내던 엄마놀이가 더 재미있었다. 후에 어른이 되고 실제로 엄마가 되었더니, 소꿉놀이하던 때의 엄마보다 기쁘지 않았다.

제삿날

우리 친정엔 제사가 많았다. 일년 기제사만 4번이고 추석과 설 명절에 차례까지 6번을 지냈다.

6.25와 1.4후퇴까지 겪은 후에는 가세가 극심히 빈곤할 때에도 간소하게라도 거르지 않고 지냈다.

제수 준비도 어렵거니와 제삿날에는 평소와 달리 아버지의 제압이 심했다. 어른 아이 없이 말소리를 줄이고 소곤거렸다. 모든 제수는 올케언니가 다 하지만 꼭 아버지 손을 거쳐야 하는 일도 따로 있다. 요즘엔 여러 가지 질 좋은 향이 많지만, 예전에는 향나무를 구해 두었다가 제삿날에 칼로 얇게 저며서 향을 피웠다. 그래서 아버지만 할 수 있는 일이 따로 있었다. 지방을 쓰고, 생율을 치고, 향을 저미는 일은 아버지만 할 수 있는 일이다.

제사는 완전히 유교식을 따랐는데, 제수를 진설하는 데서부터 아버지의 지시를 받아서 했다. 기본적으로 홍동백서에서부터, 좌포우혜며 포를 놓을 때는 머리를 동쪽에 두라 하고, 동쪽이 여의치 않을 때는 오른쪽에 두라는 등 예를 지시하셨다. 또 제를 지낼 때는 평소에 쓰는 단어를 쓰지 않고, 격상해서 밥을 메라 하고 찬물을 냉수라 하지 않고, '갱물'이라 하는 등이며, 모든 집기나 제수 등은 작은 것이라도 맨손으로 들지 않고, 반드시

쟁반에 바쳐서 들라며 극진한 조심과 예를 따라야 했다.

제사는 자정이 지나야 철상을 하게 되는데, 철상으로 끝이 아니다. 추운 겨울밤에도 가까운 이웃집 노인을 모셔다 음복을 나누며 젯밥을 대접한다. 그리고 목판에 제수를 몇 가지 담아서 거리상으로 가까운 이웃집에 문을 두드려 간단한 제수음식을 나누기도 한다. 특히 추운 겨울밤인데도 그랬다. 요즘 사람들은 이해할 수 없는 일이다. 가세가 어려워도 제사를 살아계신 어른 모시듯 했다.

그리고 우리 집에 오는 사람에게는 접대를 중히 여기던 미덕으로 대접할 게 부실할 때는 냉수라도 입맛을 다시게 했다. 하지만 때로는 지나쳐서 허례허식이 되기도 했다.

5.16혁명 정부에서 최고회의 의장이었던 박정희 의장은 관혼상제 간소화를 선포했다. 그런데 관혼상제 간소화 중에 요즘 지켜지는 것은 상제뿐인 것 같다. 혼사 문제는 과중할만큼 화려해졌는데, 초상이나 제사는 간소화를 지나서 흐릿하게 지워지는 느낌이다.

뚜렷이 나타나는 것 중에 우선 초상집에서 곡소리가 끊겼다. 내가 어릴 때는 이웃에 초상이 나면, 빨래도 하면 안 된다. 머리도 빗지 말고 심지어는 감지도 말고 빗질도 하면 안 된다고 했다. 여기에 으스스한 속설도 붙는다. 죽은 혼령이 머리 빗고 새옷 입었으니 나하고 같이 가자고 한다는 것이다.

미신에 불과한 지어낸 말 같지만 나름대로 일리가 있는 풍속인 것 같다. 가까운 이웃에 환을 당해 슬픔을 당할 때, 무심히 지내지 말고, 이웃집 슬픔도 같이 나누고, 일손도 돕기 위해서 내일은 뒤로하고 문상해서 어려움을 같이 나누라는 미풍양속으로 생각된다. 요즘은 상례가 너무 간소화되어서 이웃은 고사하고 한 지붕 아래서 초상이 나도 모르고 지내며 더 가까이 벽 하나 사이에 둔 옆집에서 주부가 관광 갔다가 교통사고로 초상을 치렀어도 모르게 된다. 실제로 내가 겪은 일이다.

큰언니 제사에 갔다. 그런데 집안이 평소처럼 조용해서 내심으로 궁금했다. 제수 준비를 전혀 하지 않으니 제삿날 같지 않았다. 한참을 기다리다가 질부에게 물었더니 며느리들 삼동서가 각자 알아서 준비해온다고 했다.

그리고 잠시 뒤에 손부 삼동서가 장만한 음식을 들고 왔다. 손부들은 곧바로 주방으로 가서 전을 덥히고 상을 차리는데 전혀 제사상이 아니고 평소와 별반 차이 없는 상차림이었다.

제주인 큰조카가 모두 와서 자리에 앉으라 하고는 찬송가 몇 페이지를 펴라 하면 가족들은 그대로 따르고 찬송가 몇 구절을 부르고는 끝이다. 교회 구역 모임과 다름없이 끝났다.

지방도 없고, 영정사진도 없으니 전혀 제삿날 같지 않았다. 상에는 메도 없고 국도 없이 그냥 전과 잡채, 나물과 고기뿐이다.

간소화가 지나쳐서 어떤 집에서는 형제들이 모이는 것조차 귀찮다며 집에서 지내지 않고 식당을 빌려서 음식만 먹고 헤어지는 집도 있는 것을 봤다.

제사 지냈다고 할 수 있는지 모르겠다. 또 어떤 집에서는 제사 때 진설 했던 오색 사탕이며, 약식 등을 철상해서 모두 쓰레기통에 버리는 집도 있다.

내가 어릴 때 우리 당고모집은 한약방을 했는데, 일년에 재수굿을 크게 지낼 때 떡시루가 일곱 채씩 쪄냈다. 아이들은 이해할 수 없어서, 큰 시루에 쪄서 접시에 담아 곳곳에 놓으면 될 텐데 굳이 여러 시루를 쪄내는 일이 이해가 안 됐다.

나중에 아이들이 물어보면, 귀신은 정직해서 남의 것은 운감을 하지 않고, 반드시 제몫이래야 운감을 한다는 것이다. 보이지 않는 것을 섬기는 것이 미신이라며, 요즘은 제사를 지내면서도 어떤 사람은 귀신이 먹냐고 하는 말을 가끔 듣는다.

하지만 기왕이면 죽은 조상을 생존해 있는 조상처럼 마음을 다하고, 생각을 다해서 사랑과 정성을 담아야 아름다운 예가 될 것 같다.

제5부
추억은 아름다운가

육체를 돌아보며

흔히 종교에서 육체는 유한하고 영혼은 영원하다고 말한다. 하여 죽음은 영원한 삶의 시작이라고 하질 않는가. 그렇다면 사람은 육체인가, 영혼인가, 난 절대자의 심오한 섭리를 알 수 없다. 흔히 의학적으로 생명을 말할 때, 심장의 박동과 뇌의 기능을 말하는데 혹시 영혼은 의학적인 용어로 쓰이는 뇌를 말함인가?

인간만이 축복으로 받았다는 뇌의 값은 얼마인가 할 때, 그 값은 지대하다. 신은 인간에게 뇌세포 하나를 짐승보다 더 주시고 많은 것을 요구하며 부리신다.

세상을 이끌도록 고용하시고 사태를 막으라 하신다. 그리고 끊임없이 노력해라, 연구해라, 적선해라, 착해라 하며 선과 악의 금을 그어놓고 그 선을 넘으면 신이 노여움을 산다. 그리고 수시로 죄를 묻고 회개를 요구하며 질책하신다. 짐승에게는 고운 털과 가죽으로 살을 가리게 하셨으나 사람은 벌거벗은 몸 하나 가릴 옷도 스스로 지어 입도록 하신다. 거기서 인간은 빈부의 차가 생기고 차등이 생기지만 짐승은 자연 그대로 호사스럽고 비교없이 평등하지 않은가.

인간은 조금만 나태하면 헐벗고 굶주리고 자칫 죄에 빠지기 쉽다. 그리고 그 뇌가, 즉 정신이 박탈될 때는 짐승만도 못하여 움직이는 살덩어리의 고통으로 전락하게 된다. 그래서 사람은 이성에 의한 수치심과 도덕성이 따른다. 사람이 뇌 손상을 입든지, 활용을 게을리했을 때는 격이 짐승보다도 못해질 수 있다. 이는 아프리카 오지인들의 원시생활을 보면 짐작할 수 있다.

어느 주일미사 때 주보에 '죽음체험'이란 피정이 실려 있었다. 나는 그 피정에 참석했다. 명동성당 체육관이 피정장이었다. 피정장에 들어서니 테이프에선 은은한 연도가 흘러나왔고, 검은 천에 흰 글씨로 쓰인 만장도 여러 폭 걸려 있었다. 그리고 제대 앞에는 검은 천으로 덮인 관이 높직이 놓여 있어서 마치 초상 때 사도 예절을 연상케 했다. 3백여 명의 교우들이 참석해서 입추의 여지없이 넓은 교육관이 비좁았다. 지도신부님의 명강의와 함께 오전 프로그램이 끝나고, 오후에는 '죽음체험'순서가 있다고 했다. 숙연한 마음으로 임했다.

난 아까부터 자꾸만 제대 앞에 검은 천으로 덮인 관을 주시했다. 혹시 저 관 속에 한 사람씩 들어가서 절맥 상태를 가상하고 영혼의 절규를 듣고 나오는 체험이 아닐까 하는 엉뚱한 상상을 했었다. 한데 지도신부님은 교우들을 모두 일어서게 하고 눈을 감고 마음을 비우고 정신을 고요히 하고 전신의 힘을 쏙 빼라고 했다.

정내엔 물밑처럼 고요한데 은은한 음악과 함께 지도신부님의 조용하고 낮은 음성으로 자신의 육체를 돌아보라고 했다. 무겁고 육중한 듯, 가라앉듯 하면서도 질책하는 듯, 타이르는 듯, 호소력이 깃든 설득력과 다시 흔들어

깨우는 듯한 절절한 말씀이 폐부로 스며들었다. 모두 살아온 여정을 돌이켜보는 반성과 뉘우침의 절규였다.

그리고 사차원적인 영혼의 세계보다 현세에 놓인 육체의 구석구석을 훑어보라고 했다. 그동안 육체가 내게 봉사해 온 참 의미와 공로를 돌아보라고 했다. 뇌와 심장은 말할 나위 없거니와, 이목구비와 오관이며 오장육부와 사지에서 손톱 발톱이며, 작은 모세관에 이르기까지 나를 위해 공헌하지 않은 곳이 없다. 눅눅한 신발 속에 갇혀서 눈에 띄지도 않고, 생각에서 멀리 있는 발까지도 눈물겹도록 고맙지 않은 부위가 없었다.

어리석고 미숙한 생각이며 허약하고 옹졸한 마음으로 저지른 잘못으로 내 육체는 늘 고달픈 날을 살았다. 또 내 박복한 운명을 지고 오면서 영육의 갈등으로 내 눈은 많은 날을 눈물에 젖게 했으니 이 또한 육체를 혹사시킨 일부였다. 삶이라는 드라마의 삽화를 그려내기 위해서, 일생동안 전신을 혹사시켜가며 비틀거리는 영혼을 바로 세우기에 안간힘을 써오던 육체가 아니던가.

세상은 모두 헛된 것이니 하늘의 '맛나'를 구하라는 교회. 육신은 유한하여 무상하다고 하며 영생을 구하라던 교회가 오늘 피정에서는 육체를 돌아보게 했다. 영육의 가상 고별식은 아주 숙연하고 경이로웠다.

덧없고 유한하여 더 값지고, 살뜰한 육체가 아닐까, 육신이 헛되단 말에 난 가벼운 저항을 느낀다. 육신이 아니면 어느 입으로 하늘을 찬미하고 섬길 것인가.

추억은 아름다운가

우리 집은 학군 속에 있다. 대문 바로 앞에는 송도중학교가 6m 도로 맞은편에 있으니 마당 넓은 집이면 앞마당 끝이나 다름없다. 그리고 대문 앞에 서면 왼쪽에는 신흥초등학교가 있고, 오른쪽에는 인천여자상업고등학교가 있다. 가끔 우리 집을 찾는 이들에게 위와 같이만 알려주면 누구나 쉽게 찾아온다. 그리로 몇 미터만 가면 버스 정류장이어서 등하교 시간에는 학생들이 길을 메운다.

한자리에서 50여 년을 살고 있으니 학생들 변화하는 모습을 낱낱이 보게 된다. 초등학생이나 남학생(중학)은 예전과 별 차이를 못 느끼겠는데, 여학생들에게는 뚜렷이 세대 차이를 볼 수 있다.

학교 정문 앞에는 문구점이 양쪽에 있는데 문방구라지만 학생들의 간식거리가 주를 이룬다. 떡볶이며, 아이스크림 또는 과자류인데 여학생들이지만 전혀 남의 눈을 의식하지 않는 대범한 모습도 자주 본다. 앞머리(애교머리)에는 굵직한 롤을 말고 두꺼운 무릎담요로는 종아리까지 치마처럼 두르고, 교실에서만 신는 삼선 슬리퍼를 신은 채 떡볶이를 볼이 미어지게 우걱거리며 웃고 떠드는 모습은 마냥 행복해 보인다. 사춘기 여학생의 체면이나 자존심 따위는 지구 밖으로 쫓아내고 위풍당당하게 내로라 싶다.

아아, 얼마나 자유분방하고 천진스러운가, 세상이 많이 바뀌고 좋아졌구나 싶으면서 한편으로는 우리는 그때 왜 그렇게 규율이 까다롭고 심했을까? 하는 생각이 솟구친다. 그래서 '우리 세대가 지금보다 더 나은 게 뭐람'하는 생각까지 한다. 그리고 세월을 거꾸로 소급해서 반추해 본다.

우리는 그때 6.25 전쟁을 겪은 전후파다. 6.25와 1.4 후퇴 전쟁을 거듭 치렀다. 게다가 일제 말기에 태어나서 해방된 지 불과 5년을 겨우 지났을 때였다.

너나없이 혹독한 가난을 견디던 때였다. 질 나쁜 학용품은 열거할 수도 없고, 헐벗고 배고픈 때여서 도시락은 2교시가 끝나기 무섭게 먹어 치웠다. 교복 기지는 국산으로 '구렛바'라는 양복천이 제일모직에서 생산되었는데 비 한번 맞으면 곧바로 후들거려서 축축 늘어졌다.

고등학교 때 고생은 어땠을까? 지금처럼 학교에 사물함이 없을 때여서 일일이 가지고 다닐 때다. 지금처럼 쌕을 메고 다니는 것이 아니고, 학교에서 정해준(가방 색까지) 손가방을 들고 신주머니와 도시락 주머니까지 들어야 하는데 여학생은 가사시간이 있는 날에는 약 70cm가량 되는 사각 수틀까지 들어야 했다. 등짐으로도 한 짐이 되는 것을 양손에 들고 다녔다. 게다가 학교 정문에 들어서면 규율부들이 얼마나 까다롭던지 교복 카라에서부터 양말까지 전체를 검열하는데 카라가 후줄근하면 걸린다.

빳빳이 세워서 다려야 하는데 이때 규율부들은 손가락으로 튀겨보고 딱 소리가 나야 했다. 바지는 줄을 세워야 했으며, 주름치마를 입은 학교에서는 치맛단까지 주름이 잡혀야 했으니 규율부가 얼마나 밉던지, 그중에 제일 괴로웠던 것은 스타킹과 양말과 운동화였다. 더 기막힌 것은 비 오는 날이다. 지금처럼 도로가 아스팔트가 아니고 흙탕물이 고여있는 웅덩이와 마차와 달구지며 자동차 바퀴 자국이 움푹 패인 황톳길이었으니, 비 오는 날의 등하굣길이 얼마나 고생이었는지 돌이켜 생각하기도 싫다.

자칫 넘어질 수도 있으니 초긴장하고 가다가 길에서 오빠를 만났다. 오빠는 눈을 크게 뜨더니 "아~니 이 기지배 니가 부잣집딸이얏, 비 오는 날 운동홧 ~" 하던 망나니 오빠를 지금도 잊히지 않는다.

여기까지만 해도 지금 세대들은 상상도 안 되는 고생이다.그랬어도 지난날은 추억이고, 추억은 아름답다며, 아아 옛날이여~ 할 수 있을까? 할 수 있다.

길을 가다가 어느 전파사 앞을 지날 때나, 백화점이나 대형 마트에서 물건을 고를 때, 매장에서 은은히 들려오는 귀에 익은 명곡이 장내에서 들렸을 때 잠자던 정서가 피어난다. 그리고 지난날 그 곡을 배울 때 즐거웠던 추억이 아름답게 정서를 흔들어 깨운다.

'학생 입장 불가'라는 단속을 피해서 영화관을 다녀오면 친구들이 몰려와서 영화 내용을 이야기해달라고 볶아댔으며, 교실에 소설책 한 권이 누구 손에 들리게 되면 그 책 내용이 반 전체에 금세 퍼지고 빌려 보기를 대기해야 했다. 하룻밤 새에 소설책 한 권을 거뜬히 읽었다.

빈곤해서 아쉬운 것 많았지만, 새로 산 물건을 들고 기뻐했으며, 새 옷을 입었을 때 친구들에게 둘러싸여 부러움을 샀던 일도 아름다운 추억이다. 우리는 그때 아쉬워서 더 소중했고 더 기뻤으며, 투정 부리기는 언감생심이다.

꽃잎은 연약하다고?

입춘이 엊그제 지났는데 벌써 혹독한 겨울 추위를 잊은 걸까, 대로변에 서 있는 가로수는 선잠을 깨는 듯 실눈을 뜨고, 봄이 어디쯤 오나 엿본다. 지난가을 잎새를 덜어내고 나목으로 서 있는 가로수가 겨우내 거무튀튀하고 빳빳이 경직된 가지가 부드러워지고 긴가민가한 연둣빛이 엷게 서린다.

봄의 전령사는 꽃이라지만 도시의 꽃들은 계절을 잊은 듯 한겨울에도 생화를 볼 수 있으니, 꼭 봄의 전령사라고 할 수 없다.

꽃의 본분을 잊은 걸까? 아니다! 사람의 이기심으로 손때가 묻어서다. 특정 계절이 없을뿐더러 예전과 달리 생성에서부터 출생지도 천차만별이다. 울창한 숲이나 산모퉁이 양지바른 들녘뿐 아니라, 화단에서 주인 손에 온갖 정성으로 바람도 막아주고 물도 주고, 추울세라, 마를세라, 햇빛을 쏘이며 애지중지 사람의 손끝에서 사랑받는 꽃이 있는가 하면, 누가 씨를 뿌린 것도 아니고 가꾸는 손도 없는데 겨우내 눈 속에서 죽은 듯이 있다가 아직도 봄소식은 멀기만 한데 추위 속에서 입춘이 지난 것을 먼저 알고 살얼음을 뚫고 고개를 내미는 복수초꽃이 있다.

누가 복수초라는 꽃 이름을 지었을까? 살얼음 밖으로 고개를 내미는 새싹의 강인함을 보고 지은 이름일까? 독하게 보여서 복수의 화신으로 보였을까? 꽃말은 모르지만, 꽃은 아름다운데 꽃 이름은 섬찟하다. 세상에서 가장 약하고 예쁜 꽃이 어쩌다가 두터운 눈 속에 뿌리를 내렸을까 싶다.

그런데 꽃 중에 아주 호사스러운 꽃이 있다. 씨앗에 솜털 같은 날개를 달고 바람의 등에 업혀서 공중에 두둥실 떠다니다가 높이 높이 올라서 돌축대 틈에 뿌리를 내리고 노란색 꽃을 피우는 민들레꽃이다. 축대 저- 밑에 지나다니는 사람도 내려다보고, 저 아래 있는 피조물을 의기양양하게 내려다보는 민들레는 온갖 꽃들의 부러움을 사는 꽃이다. 그래도 민들레는 뽐내지 않고 소박한 촌색시인 양 길섶이든 돌밭이든 바람에게 순종하고 운명을 거스르지 않는다. 보도블록 틈새에서 사람의 발길에 밟힐까 싶은 곳에서도 아슬아슬하게 살아가는 꽃이다. 민들레꽃 분포는 장소를 가리지 않고 군락을 이루는 강인한 꽃이다.

그런데 사람의 마음을 슬프게 하는 꽃도 있다. 그 꽃은 아직 이름도 없고, 세상에서 딱 한줄기만 피어있는 꽃이다. 쉽게 사람 눈에도 띄지 않는 외로운 꽃이다. 사람의 눈길도 닿지 않고 아무도 탐내지 않는 초라한 꽃이다. 왜 이렇게 쉽게 문이 열리지 않는 걸까! 끝 간데없이 아득한 허허벌판, 비무장지대에 가본 적도 없지만, 텔

레비전 영상으로만 보았어도 가슴이 뜨끔거리고 애잔해서 차라리 눈을 감고 가슴으로 보이는 꽃이다.

슬픈 역사를 지닌 비무장지대, 철조망이 둘려지고 사람의 발길이 닿을 수 없는 슬픈 땅에 세월을 잊은 채 주인을 잃고 엎드려 있는 철모가 있다. 철모의 주인은 누구일까? 주인을 잃은 지 70여 년 흔적만 보아도 가슴이 아려온다. 철모의 주인도 누구인지 모르는데 마모된 철모의 구멍으로 이름도 없는 하-얀 들꽃이 하늘거린다. 꽃이긴 해도 색깔도 없고 꽃잎이 탐스럽지도 않으며, 얼핏 보면 냉이꽃 같기도 한데, 보는 이의 마음을 애달프게 하여 차마 꽃이라기보다는 철모의 주인이 환생한 영혼일까 하는 생각이 든다.

꽃이 볼품없고, 초라해서 슬픈 게 아니고, 마모된 철모 구멍을 뚫고 나온 꽃이어서 더 슬프게 보인다. 철모의 주인을 위로하려는 신의 자비일까 하는 생각도 들면서, 오랫동안 영상이 지워지지 않는다. 한편 그 꽃은 누구의 꺾임도 당하지 않고 해마다 그 자리에서 피고 지면서 오래도록 생을 이어 번식할 거라는 생각이 들자 다소 위안이 되었다.

그런데 꽃으로 태어나서 참수를 당하는 운명의 꽃들도 있다. 인도 갠지스강에 띄워지는 목 잘린 꽃송이가 신에게 바쳐지는 꽃 행사에 제물이 되는 꽃목걸이다. 채반에 수북이 담겨 제단에 바쳐지며 시장에서는 드럼통만큼 넓은 비닐봉투에 수북하게 담긴 목 잘린 꽃송이를 볼 때 그 많은 생명이 잔인하게 잘려져 신에게 바치고 복을 빌어야 신이 갈음한다면 자비의 신일까 싶다. 또 그들이 섬기는 부처가 기뻐할까? 대자대비, 즉 많이 슬퍼하고 자비를 베풀라는 불교에서 살생을 금하라는 교리와는 표리부동한 생각이 든다.

꺾꽂이로 화병에 담겨서 물속에 담는 것도 아니고, 목이 잘리는 순간에 곧바로 죽음으로 이어지는 상황인데도 괜찮다면 이해가 안 된다. 멀고 먼 제단까지 두 발로 가도 고생인데 전신을 엎드려서 이마가 배가 땅에 닿도록 오체투지로 성전까지 가는 고행을 해야 한다면 대자대비와는 부합되지 않는 교리가 아닌가 싶다. 만물의 생로병사를 슬퍼하고, 대자대비 하라는 부처가 고행과 희생을 반길까 싶은 의구심도 든다. 나의 좁은 소견으로는 해석이 안 된다.

사람에게 기쁨과 위로를 주는 꽃이, 몇 송이도 아니고 수천, 수만 송이가 목이 잘려 제단에 바쳐진다면 오히려 너무 잔인해서 혐오스럽기도 한데 오히려 신이 기뻐한다면 이해 불가하다. 경사스러운 날, 축하의 꽃다발이며, 신부를 한껏 화사하게 치장할 때 부케를 들리고, 제단을 꾸며 경건하게 하며, 작은 꽃병에 꽂혀 쓰러질 때까지, 물갈이해주고 사람의 사랑을 한껏 받는 꽃이 애석하게 목이 잘리는 순간에 곧바로 죽음으로 제단에 바치자는 제물이 되지 않았으면 좋겠다.

묵상

약 50여 년 전, 아득히 먼 젊은 때였다.

어느 날 본당 신부님이 레지오회에 들어오셔서 몇몇 회원을 지적하시고, 며칠 후에 가톨릭 회관에서 "공동체묵상회"가 있는데 인천 시내 많은 본당에서 신자들이 온다며 "공동체묵상회" 피정에 들라고 했다. 본래는 3박 4일 일정인데 주부들의 외박을 피하느라 낮 시간을 정하고, 10일간의 일정이었다. 아침 9시부터 오후 5시까지라서 열흘간 아침부터 저녁까지 온종일 집을 비우는 일은 쉽지 않았다. 그때는 대개가 연탄불을 피울 때라서 연탄 가는 거며 아이들 숙제까지 주부들은 걱정 아닌 게 없었으나 아무도 거역하지 않고 참석했다.

꾸르실료니 신앙교육이니 소소한 피정이 대개는 3박 4일 과정인 만큼 집을 비우게 될 때는 레지오에서 같은 단원들이 서로 도와줬다. 수강 기간 중에 집에 와서 연탄도 갈아주고 소소한 일을 도와줬다. 나이 들면 하고 싶어도 못 하니까 젊었을 때 부지런히 수강해 두라는 윗분들의 충언이었다. 30대 초반이니 몇몇 단체에서 러브콜이 많았다. 신심도 약한 것이 입회는 했어도 봉사래야 겨우 회의록 작성이나 할 뿐 몸을 적셔서 봉사활동을 해 본 적도 없다. 장소는 우리 성당 가톨릭회관이었고, 강사진은 신학대학에서 교수 신부님과 명강의로 유명세를 타는 각처의 신부님들이었다.

강의가 시작되기 전에 수강생들은 강사의 인적 평가로 수근거린다.

A "이번 시간에는 신학대학에서 오셨는데 아주 무섭데"

B "왜? ~ "

A "신학교에서 그 신부님 눈 밖에 나면 바로 퇴학이래~ "

B "무슨 잘못을?"

A "그게 기준이 없데 ~. 그 신부님은 사람은 선별하는 어떤 신비의 혜안이어서 신부 될 사람인지 아닌지를 선별하는, 즉 혜안? 이 있어서 보인다고 소문났데"

B "무섭겠다~ "

A "그래서 호랑이 교수로 유명하데 ~ "

그렇게 한참을 술렁거리는데 호랑이 신부님이 강단에 서셨다. 호랑이 교수라는 정평과는 달리 오히려 친근감이 들만큼 헐렁하고 거무튀튀해서 약간 시골티가 나는 인상이다. 명강의로 유명하고 호랑이 교수라는 소문과는 전혀 달랐다. 오히려 유연하고 친근감을 느낄 만큼 덥수룩한 분이, 귀청이 울리는 번개 같은 강의가 아니고 친근한 아저씨처럼 온화했다.

"신학생 중에 방학 때 집에 갔다가 개학 때 안 오고 숨는 학생이 더러 있어요, 학생들 시켜서 데려오라고 보내면 집에도 없냐는 거예요, 몇 번이고 보내서 꼭 데려오라고 하면 기어이 찾아오는데 포장마차에서 술 마시고 있더라는 거예요."

비행학생 왈 "교수님 저는 부모님께 떠밀어서 신학교에 왔지만 신부는 제 적성에 안 맞습니다. 보내주세요." 하면 "넌 신부감이야" 하면서 붙들어 앉히는 데 반대로 고분고분 착실하게 영성생활도 잘하는 학생이 어느 날 갑자기 짐을 싸고 퇴교하는 일이 생기는데 "넌 나가서 니 길이 따로 있으니까 지체하지 말고 빨리가서 니 길을 찾으라" 며 퇴교시키는 일이 생길때마다 학생들을 놀라게 하는 교수신부님이다.

"에 ~ 여러분 좀 있으면 성탄절인데 크리스마스 때 교회 가지 마세요"

"내가 이런 강의 한다고 소문이 나서 한때는 옷 벗을 뻔도 했어요"

"보세요 시골서 동네 부잣집 어른 생일날 온 동네가 떡이야 밥이야 배불리 먹잖아요"

"그럼 하느님은 얼마나 큰 부자입니까? 이 우주 전체 지구상의 모든 게 그분 건데 그렇게 큰 부자의 외아들 생일에 춥고 배고픈 사람이 있어선 안 되지요."

"그러니까 성탄절에는 교회 가지 말고 양로원이나 고아원에 가세요."로 시작된 강의는 내내 비슷한 강의였다.

어느 여름날 리어카에 야채를 수북이 싣고 (40년 전에는 그랬음) 남편은 앞에서 끌고 아내는 뒤에서 밀면서 힘겹게 언덕을 오르는 교우가 있으면 쫓아가서 "여보! 여보! 오늘 일요일인데 쉬지 않고 왜 ~" 한다면, 그 야채 장사는 볼멘소리로 "난 일주일이 여드레도 모자라~" 할 거다.

또 어느 날 남의 집 식모살이하는 어린 소녀가 신부님을 찾아와서, "신부님 우리 주인아줌마가 너~무 잔인하게 일을 시켜요. 시골로 내려가고 싶다가도 고생하는 엄마 생각해서 못가요." 했을 때 신부님이 "음~ 지금은 니가 고생스럽지만 이담에 천국에서는 너의 주인아줌마가 반대로 니 발을 씻겨줄테니 참아라" 한다면 "과연 어린 소녀에게 위로가 될까요" 하면서 신앙생활 할 때 너~무 성경! 성경!, 교리! 교리! 하지 말고 먼저 인간적인 사랑과 인정을 베풀라는 것이다. 그렇게 어깃장 놓는 강의지만 다들 수긍하고 있었다.

마지막 강의 날은 강의실로 빵이 여러 소쿠리마다 수북수북 담겨서 들어왔다. "종강이니까"라는 생각을 하고 있었다. 빵을 하나씩 받았는데, 아직 먹지 말란다. 숙제가 있다고 한다.

지금부터 두 사람씩 짝을 지어서 밖으로 나가는데 각자 자유스럽게 장소는 어디든 좋고 가능하면 묵상하기 좋은 곳을 정하라고 한다.

단, 두 사람은 절대 말을 하지 말 것이며, 옆에는 아무도 없다고 생각하면서 물 한 방울 없는 사막에 홀로 빵 하나가 전부라고 생각하면서 무슨 생각을 하게 되는지 절실한 생각을 다음 시간에 발표하라는 것이다. 짝궁과 나는 낯익은 카톨릭회관 식당 방으로 들어갔다.

이제부터는 말하지 말고, 묵상에 들자며 각자 편한 대로 약간 떨어져 앉아서 묵상에 들었다. 약 5분쯤 지났을까? 친구는 어떻게 묵상을 하는지 살짝 궁금했다. 가만–히 머리를 돌려서 친구를 봤더니 짝꿍은 묵상을 안 하고 벽에 있는 거울을 보면서 열심히 머리를 매만지고 있는게 아닌가,

"얘~는 지금 여기는 사막이야 ~ 사막에 무슨 거울이 있냐~ 지금 죽느냐 사느냐 하는 기로에서 무슨 머리 손질이야 ~ 했더니 친구 왈 그러는 너는 지금 여기 아무도 없는 데서 말은 무슨 말, 말도 하지 말고 침묵으로 생각을 깊이 하고 깨달은 게 뭔지 발표하라는데 넌 지금 침묵을 깻어~ "한다.

우리는 서로 마주 보며 웃음을 참지 못하고 "그래 ~ 혼자라면 모를까 둘이 짝을 지어 보내고 혼자라고 생각하라니 별안간 어떻게 ~ "

다음 시간에 발표는 아무도 못 했다.

침묵, 그것도 인위적인 침묵으로는 실천이 안 됐다. 다음 강의 시간에 발표하는 팀은 아무도 없고, 폭소가 터졌다.

잊을 수 없는 강의

몇 분의 강의 중에 오랫동안 잊히지 않는 몇 구절이 있다. 우리나라에 국보급이라고 칭하던 양주동 박사와 한글학회 일인자로 불리던 한갑수 선생이며, 문학으로는 대표 시인으로 꼽히던 박목월 선생을 비롯해서 동화작가 강소천 선생 등 기라성같았던 문호들의 명강의와 작품을 통해서 정서를 키웠다고 생각한다. 50년대는 우리나라는 황량한 시대였으나 문학은 전성기에 가까웠다. 정비석을 비롯해서 열거할 수 없는 문호들의 작품이 신문에 연재될 때, 석간이 올 때쯤에서는 외출도 미루고 신문을 먼저 받아 보려고 했다.

6.25와 1.4후퇴를 겪은 세대들이어서 온갖 생필품은 물론이고, 정서니 문화니 하는 것은 생활에서 멀찍이 있던 때였으나, 사춘기 가슴은 여전히 뜨거웠다.

참으로 우리나라는 오랫동안 기구한 역사를 겪은 국민이다.

수천 년 동안 외세에 시달렸고, 극심한 가난을 겪으면서도 시대를 상징하는 문학이며 해학과 풍자를 겸한 문화의 맥을 이어왔다.

최근은 아니지만 근대에 와서 잊히지 않는 명사 두분의 강의를 가끔씩 떠올리게 된다.

두 분 다 고인이 되심을 아쉬워하며, 지난날을 돌이켜 본다.

한 분은 한글학회의 선구자이신 한갑수 선생과 또 한 분은 우리나라의 국보급이라 칭하던 양주동 박사의 강의다.

아주 평범한 내용이지만 수십 년이 지난 지금까지도 잊히지 않는다.

인천은 가톨릭회관에서는 가끔씩 명사를 초청해서 강좌를 열었다. 그중에서 양주동 박사와 한갑수 선생의 강의를 수십 년이 지난 지금까지 잊히지 않는 내용을 되새겨 본다.

그때는 지금처럼 교통이 편리하지 못했다. 그래서 지방에서는 두 분 명사를 모시자면, 숙식비를 포함해서 거마비가 과중하여 서울에서 멀리 떨어진 지방에서는 초청이 어려울 때였다. 인천은 서울 곁에 있음으로 어렵지 않게 양주동 박사와 한갑수 박사를 모시고 인천가톨릭회관에서 개최했다.

먼저 양주동 박사의 강의 중에 유익한 내용이 많았음에도 다 잊어버리고 일 분 한 끝을 기억한다.

내용은 "신앙과 사랑"이다. 신앙과 사랑이라면 교회에서 자주 들어오던 주제가 아닌가. 그런데 강좌 주제로 또 신앙과 사랑인가 싶었다. 그런데 아니었다. 엉뚱하게 "연애와 신앙생활"이었다.

양주동 박사

"에 ~ 여기 젊은이들이 많이 왔는데 연애를 해 봤지요? 그런데 요즘 연애 어디 사랑이라고 할 수 있을까 싶어요." 하면서 요즘 연애의 생태를 유머스럽게 설파하고는 요즘 연애가 연애입니까 ~ 흘X야 흘X 하면서 그러니까 쉽게 만나고 쉽게 헤어진다면서, 연애하려면, 섭씨 3,000도짜리로 해야 연애고 사랑이라면, 실연당했을 때는 땅이 꺼지는 듯 발이 허공을 딛는 것처럼 느껴지고, 생사를 분간 못 해야 사랑이고 실연이라고 하면서 신앙생활도 마찬가지라며 신을 섬기려면 섭씨 삼천도 되는 사랑으로 신을 섬겨봐라, 눈과 귀가 어떻게 열리는지 체험해 봐라, 요즘 로켓을 쏜다, 달나라를 간다, 원자탄을 쏴서 지구를 초토화시킨다고 하며, 과학 운운하지만, 사람의 능력으로는 가장 하찮은 냉이꽃 한 송이를 인위적으로 피울 수 없는 게 사람의 한계라고도 했다.

어느 날 신이 사람에게

"그래 사람의 손과 머리로 못하는 게 없다고 했더냐?"

사람 : "네 그렇습니다."

신 : "흙으로 사람을 빚을 수 있다고 했더냐?"

사람 : "네 그렇습니다."

신 : "그럼 흙으로 사람을 빚어 보거라"

사람 : "흙을 주십시오"

신 : "아니다, 흙도 내가 만든 게 아니더냐?"

했다는 꽁트를 읽은 적이 있다.

사람의 뇌가 무한 경지에 이른다고 해도 원소 자체를 만들 수는 없으며, 모든 과학도 원초적인 원소를 가지고 만들어지지만, 신은 아무것도 없는 무(無)에서 원소 자체를 만드시고, 우주 만물을 창조하셨다.

다음날은 한갑수 선생의 한글의 우수성과 취약성을 강의했다. 먼저 우수성으로는 쉽게 익힐 수 있으며, 정확한 발음을 나타낼 수 있음을 논했다. 일어나 한문으로는 나타낼 수 없는 발음을 한글로는 나타낼 수 있으며, 쉽게 익힐 수 있어서 계층의 구별 없이 쉽게 습득할 수 있음을 우수성으로 꼽았다. 하지만 부호나 띄어쓰기를 잘못 하다가는 내용이 전혀 달라질 수도 있음을 예시했다.

즉, "아버지가 방에 들어가셨다."에 띄어쓰기 하나 잘못하면, "아버지 가방에 들어가셨다."로 바뀐다.

이렇게 "가"자 하나 띄어쓰기 잘못으로 엉뚱한 내용이 되는 예를 들었다.

또 가곡 중에 한 송이 장미꽃이 여기저기 피었다. 라는 가사가 있는데,

한 송이가 어떻게 여기저기 필 수가 있느냐며 잘못된 가사를 지적하기도 하면서 한글의 취약성과 우수성을 지적하기도 했다.

명사 두 분의 오래전에 듣던 일을 지금껏 잊을 수 없다.

심오한 강의 내용은 아니었어도 평소에 자칫 무심히 넘길 수 있는 오류를 지적해 주던 강의였다.

그보다도 우리나라의 대표적인 명사의 강의를 듣게 된 것을 오래도록 잊혀지지 않는다.

정말 국보를 잃은 기분이다.

생각으로 남아 있는 모습

여섯 살이었나 싶다. 여자아이 남자아이 섞여서 놀았다.

어느 날 조무래기 한 무리가 같이 놀던 남자아이 집에 갔었다. 마루에서 한참을 뛰고 놀다가, 방으로 데려갔다. 벽에는 사진들이 있었는데, 그 애는 사진 속의 식구들을 하나씩 알려주더니, 벽에 걸려 있는 커다란 사진들은 빼 놓기에 아이들은 이 사람은 누구냐고 물었더니 그 애는 갑자기 목소리를 기어드는 듯 낮추며 소곤거렸다.

예수님이라며 거짓말하면 이 사람이 지옥 보낸다고 하면서 약간 겁먹은 듯 작은 소리로 소곤대면서 말했다. 그리고 성당에 가면 이 사람이 거기 또 있다는 것이다. 한 아이가 우리 성당에 가보자 하니까 애들이 우르르 밖으로 나가고 그 애는 대장처럼 성당엔 아무나 가지 못하는데 저는 엄마가 성당하고 친해서 들어갈 수 있다며 자랑스러워했다.

애들은 그 애한테 사정 조로 나도 가게 해 달라며 평소와 달리 졸랐다. 애들은 "나두! 나두!"하면서 정말 그 애가 아니면 아무나 못 가는 곳을 알고, 그 애한테 사정처럼 졸랐다. 그렇게 해서 대여섯 명이 그 애를 따라서 답동성당으로 갔다.

성당은 텅 빈 마룻바닥인데 꽤나 넓어서 아이들은 일

제히 "와~" 하니까, 대장 아이는 평소와 달리 목소리를 죽이고 낮게 깔린 소리로, 떠들지 말라며 앞장서서 경내로 성큼성큼 들어가더니 아는 집처럼 거침없이 이문 저문도 열어보고는 샅샅이 구경을 시켰다. 지금 생각해서 아찔한 일이었다.

나중에 내가 커서 알게 되었는데, 그 애가 우리를 데려간 곳은 신부님이 제의를 입으시는 제의 방이었으며, 가장 엄숙한 제대 위까지 거침없이 휘젓고 다녔던 것이다.

그다음으로는 2층으로 올라가서 종탑줄이 늘어져 있는 것을 보고는 매달리고 싶어서 줄을 잡으려고 했지만, 너무 굵어서 조무래기 손으로는 쥐어지지 않았다.

우리들을 데려간 애는 완전히 대장처럼 그날은 뭐든지 하지 말라고 하면서 애들을 다스렸다. 말도 크게 못 하게 하고 어딘가 기웃거리면 거긴 가지 말라고도 하면서 주인처럼 했다.

나중에 안 일이지만 십사처상이었으나 그때는 모르는 게 많고 궁금한데 그 애는 말도 크게 못 하게 하고 손가락으로 가리키며 물으면 손가락도 말리고 걸음걸이도 살살하라는 등, 어른처럼 하는 게 아이들은 싫었다. "애, 재미없다 우리 미끄럼 타러 가자." 하니까 애들은 금방 생기가 돌았다.

우리는 마당 끝으로 뛰어가서 누런 흙먼지 풀풀 날리는 미끄럼 자리를 골랐다. 성당 마당 끝에서 미끄럼을

타면 행길까지 내려가는 호사스러운 재미에 빽빽 소리 지르면서 노는데 팔렸으니, 주제꼴이 말이 아니었다. 지금처럼 좋은 기지도 아니었으니 어떤 애는 바지가 뚫어져서 어둡도록 집에 못 들어간 애도 있었다.

옷을 후지르면 혼날 것 알면서도 흙바닥에 미끄럼을 탔다. 장난감도 없고 놀이터도 없는 아이들이었으니 옷 좀 버리고 야단맞더라도 애들은 미끄럼 타는 재미를 이길 수가 없다.

그렇게 우리들에게 재미를 주던 곳에 가톨릭 회관이 지어져서 인천에 문화를 창출해내는 장이었는데, 가톨릭 회관이 헐리고 지금의 안경점이 생기는 등 인천이 중심이 변한 것처럼 허전하다. 그리고 지금은 대리석으로 옹벽을 두르고 승강기를 설치해서 높은 언덕길을 쉽게 오르내릴 수 있어서 편리하긴 한데, 뭔지 허전하고 점점 낯설고 외지에 가 있는 느낌은 왜일까?

향수라기에는 사치스럽고 늙은이 우울증인가? 자꾸만 옛날이 그리워진다. 온갖 문화 행사가 있던 곳, 꾸르실료, 공동체 묵상, 명사 초빙의 명강의며, 여러 가지 문화 행사가 있던 곳인데, 인천 중심에 이정표를 가리키던 곳인데, 명인 하나가 절명한 것처럼 카톨릭회관이 그립다.

꽃도 풀도 아닌 것이

우리 집은 상가 뒤쪽에 있어서 길가에서 보면 쉽게 눈에 띄지 않는 건물이다. 주변엔 고층 APT가 있고 중학교 담장을 사이에 두고 연계해 지어진 빌라 4동인데, 입구가 언덕이어서 출입이 아주 불편하다. 차 있는 집이 없으니 주차장 걱정도 없지만 가끔씩 찾아온 손님이 오면 주차할 곳이 없어서 한참을 헤매게 된다. APT나 빌라에 필수로 딸려 있는 베란다도 없으니 집에서 화초를 가꾼다는 생각은 언감생심이다.

외출할 때 언덕을 내려가면 2차선 차도가 나오는데 행선지는 단순하다. 좌우 중에 우편에는 이마트 가는 길이니 쇼핑이 아니고는 그쪽으로 갈 일은 거의 없다. 그래서 외출할 때는 좌편으로 접어든다. 꼭 그길로 가야만 하는 외길이다.

도로변이긴 해도 번성한 상가도 아니고 자그마한 편의점과 식당이 있고, 이발소와 미용실, 약국 정도다. 곧바로 4차선 도로인데 버스노선이 집중된 정류소가 있고 초, 중, 고등학교가 있고, 큰 시장이며 종합병원이 10여 곳이 있다. 또 모든 은행이며 금융기관이 다 모여 있으며, 동회, 구청, 교회, 우체국, 전철역까지 모두 걸어서 갈 수 있다. 해서 좌편으로 만 가야 하는 외길이다.

큰길 직전에 미장원이 있는데 나뿐만 아니고 우리 동네 주민들은 누구나 길을 나서면 꼭 미장원 앞을 지나게 된다. 미용실이지만 난 1년에 한두 번 갈까 말까 하지만 외출할 때는 꼭 그 집 앞을 지나게 된다.

그런데 그 집 앞에는 크고 작은 화분이 겨울철만 빼고 일년내내 한천에서 키운다. 20여 개 놓여 있어서 꽃 보기가 쉽지 않는 동네에서 여간 반가운 게 아니다. 수종이래야 특별할 게 없고 가정에서 쉽게 키우는 화초다. 유도화, 수국을 비롯해서 각종 선인장이며 열대성 고무나무까지 골고루 있어서 철 따라 꽃이 번갈아 피어 눈을 호사시키고 마음을 기쁘게 해준다. 그런데 그 집 유리문 한쪽에 수도 계량기가 있고 계량기 뚜껑 옆으로 들꽃도 아니고 잡초도 아닌 야생초가 초봄부터 삐죽이 자라고 있었다.

처음에 무심히 보다가 20여cm쯤 자라면서부터는 저걸 왜 안 뽑나? 싶은 생각이 들기도 하고, 어떤 때는 계량기 검침원이라도 걸리적거리니까 뽑아내겠지 하는 생각도 들었다. 그렇게 한동안 지나면서 꽤 커서 약 60cm쯤 훤칠하게 자랐다.

도대체 내 집 앞도 아니면서, 내가 키우는 화초도 아니면서 나하고는 무관한데 왜 오지랖이 펄렁거리는지, 내가 나를 생각해도 이해가 안 된다.

못 본 척하기에는 너무 커 버렸다. 도대체 화초 옆에

걸맞지 않게, 그러다가 심지어는 미장원 집주인에게까지 내심으로 화살이 꽂혔다. 저런 풀을 왜 몇 달씩 안 뽑을까? 뭐가 힘들다구… 하는 볼멘소리를 입속으로 웅웅거리며 지나다녔다. 그렇게 또 얼마를 지나다가 내가 뽑아 버릴까? 하는 생각도 몇 번씩 들었다.

하지만 뽑아서 마땅히 버릴 곳도 없고, 집으로 들고 오기도 뭣하고, 나중엔 그 집 화분에 꽃을 보는 것보다 고놈에 야생초 자라는 게 영~ 맘이 편치 않았다. 꽃도 아닌 것이 키는 왜 저렇게 큰 거야 밉살스럽게, 안 보고 지나치기엔 키가 유난히 커서 제일 먼저 눈에 띈다.

그러구러 봄, 여름 지나고 추석 무렵에 난 감기로 한동안 외출을 못 하다가 한참 만에 그 집 앞을 지날 때였다. 습관처럼 키다리에게 눈길이 절로 갔다.

어억! ~ 이게 웬일? 키다리는 노-란꽃을 무더기로 피여서 마치 꽃다발을 꽂아 놓은 것처럼 화사했다.

지름은 약 2cm 정도의 과꽃처럼 예쁜 꽃이 줄기마다 피어서 하늘거리고 있었다. 몇 달씩 눈으로 보면서 뽑아내지 않음을 웅얼거리며 지나던 양심은 어디 가고 …

어머, 검침할 때 다치면 어쩌지~ 하는 생각에 오히려 보호본능이 솟았다. 하지만 그도 내가 손 쓸 수 있는 일이 아니어서 그냥 지나치지만, 그 또한 마음 쓰이기를 며칠을 지났을 때 또 한 번 가슴이 쿵-하고 내려앉았다.

미장원 주인은 키다리를 느슨하게 오므려서 끈으로 묶

고 지지대에 고정시켜 놨다.

아 ~ 아, 엉뚱한 생각으로 오지랖을 열고서 닫던 몇 달을 미움을 품고 지나다니던 일이 크게 자책이 되고 누구에게 들킨 것처럼 부끄러웠다. 미장원 집 주인은 심지 않은 야생초까지 눈길을 주고 키워내는 지극한 사랑에 절로 감탄사가 나왔다.

화초는 아니어도 꽃이기 전에 생명을 소중히 여기고 몇 달씩 살펴주고 바람에 꺾일세라 지지대를 세워 고정시켜 주는 사랑의 손길이 얼마나 따뜻한가, 그 정서 또한 얼마나 아름다운가,

가끔씩 큰 길가에 개업식 때 "축 개업"이란 큼지막한 리본이 달린 값비싼 화환이 개업식이 끝나면 아무도 거들떠보지 않고 챙기지 않아서 금박종이도 뜯지 않은 채 물 한 모금 주지 않아서 말라 죽어가는 화분을 본다.

꽃을 선물한 사람이나 꽃을 받은 사람이나 모두 비정함에 안타깝다. 불고깃집에서 연기와 탁한 공기에 신음하는 화분을 볼 때도 안쓰럽다.

거기에 비하면 계량기 옆에서 바람과 햇살을 흠뻑 받고, 심지 않는 주인까지 눈길을 주며 보살핌을 받았으니, 키다리는 행복한 꽃이다.

■ 추억의 사진

중학교 시절

고등학교 시절

결혼 초 시절

최근의 모습

제17회 수필문학상 수상

제17회 수필문학상 수상식에서

인천 월미도에서 필자

조경희 회장님 1주기 추모 모임에 서정범 교수와 함께

한국가톨릭문인회 피정에서 조광호 지도신부님을 모시고

부안 하계 문학세미나에서

광주 하계세미나에서 필자

목아박물관 목각 앞에서

문학세미나 선운사 앞에서

바오로수녀원에서

보령예술공원에 세워진 필자의 문학비

서정범 교수님의 회갑연에서

■ 글벗수필선 52 김의순 여섯 번째 수필집

추억은 아름다운가

초판인쇄 2023년 12월 17일
초판발행 2023년 12월 17일
지 은 이 김 의 순
펴 낸 이 한 주 희
펴 낸 곳 도서출판 글벗
출판등록 2007. 10. 29(제406-2007-100호)
주 소 경기도 파주시 와석순환로16, 905동 1104호
(야당동, 롯데캐슬파크타운 한빛마을)
홈페이지 http://guelbut.co.kr
http://cafe.daum.net/geulbutsarang
e- mail juhee6305@hanmail.net
전화번호 031-957-1461
팩 스 031-957-7319
정 가 15,000원
I S B N 978-89-6533-272-5 04810

* 잘못된 책은 바꿔 드립니다.

MEMO

MEMO